Y es que Madrid...

Una novela de Soledad Morillo Belloso

A mi marido, Arnaldo Arnal Vallenilla, el hombre que hizo que mis letras tuvieran mejor sentido, o algo de sentido. Esta novela la escribí sin ti, pero en cada frase estuviste a mi lado. Bien sabes que escribir es la única manera que conozco de vivir.

A Carolina Jaimes Branger, amiga de muchas risas y muchos llantos, quien no me ha dejado sucumbir en el fango.

Gracias a Hombres G.
Gracias por ser, gracias
por existir. Gracias por
escribir canciones
sencillas con significado
y significante.

*Siempre me he
preguntado
Por qué la gente se queda aquí
Quizás no haya otro
sitio
Que sea mejor para vivir
Nos gusta amontonarnos dentro de los bares
Para tomarnos la cerveza afuera en la calle
Y es que Madrid no tiene mal pero sí...*

"No hay nada más vivo que un recuerdo."
-Federico García Lorca

Vestíbulo

Cualquiera que lo hubiera visto sentado allí, solo, en esa mesa del fondo del bar de la esquina en Las Letras, bebiendo como un cosaco, no hubiera reconocido al manchego profesor jubilado de Filología, al librero de oficio, a ese hombre ecuánime y siempre mesurado que para todos era Pascual Albacete. Pero ese día, don Paqui, como lo apodamos algunos, no era el mismo de siempre. Ese día la ira se le había acomodado entre pecho y espalda. Ese día tenía la vida hecha un harapo.

El sepelio de aquel que se había convertido en un amigo inesperado había sido simple, sin estación de velorio. Sin plañideras de oficio ni servicio de chocolate. Silencioso. Bajo una lluvia lenta y pertinaz. Apenas unas palabras del cura de guardia en el cementerio, el tradicional "descanse en paz, brille para él la luz perpetua", que más que a fervoroso consuelo había sonado a rezo aprendido de caletre, a obligación eclesiástica cumplida, a gastado estribillo de canción apolillada. Unos nardos puestos sobre el montículo de tierra habían intentado dar a aquella escena algún toque de compasión.

El difunto no era mi amigo. Lo había visto un par de veces y no había cruzado con él más que una charla ocasional. Algo había escuchado de sus correrías por Madrid. Yo estaba ahí por don Paqui, para acompañarlo en su congoja. Unos pocos acudieron. No cabía caterva. Ahí estuvieron bajo paraguas los que sintieron que la muerte había llegado sin invitación, sin permiso, sin nota con sello de preaviso. Que al amigo le habían adelantado la fecha de caducidad. Fue un entierro sin parientes a quienes dar el cálido pésame. Estuvieron los que tenían historia en común que contar y, también, tanto y tanto que callar. Esa tarde gris no hubo elegía. Lloraron los que en aquella fosa enterraban parte de sí mismos. La muerte suele ser estúpida. Advenediza. Aquella era, además, un profano aplauso a la más tosca insensatez.

Recuerdo que era martes, un martes cualquiera en aquel Madrid de otoño con pereza de pensar. O tal vez de sentir. El Madrid de la prisa inservible, el de estreno de abrigos grises a la última moda y bufandas a juego, del frívolo ir de un lado a otro para al fin no llegar a ninguna parte. El Madrid de los encolerizados prontos y de los tan presurosos olvidos. Ese Madrid displicente y petulante que no es el que ven los turistas que se pasean por monumentos, parques y atracciones y atiborran las memorias de sus smartphones con fotos en las que son protagonistas sonrientes de una historia de fantasía. Y también el Madrid moderno, espléndido, hermoso, descollante, vocinglero, imprescindible, portador de siglos de historia, donde a la cultura se le ha dado espacio para transitar. El Madrid de los acuerdos y los desacuerdos, de los aciertos y los desatinos. De las escandalosas risotadas y los llantos de sauce. De las tradiciones y las novedades. El Madrid que a partes iguales es progreso y decadencia.

Semanas después de aquel día de lúgubre atardecer, don Paqui me llamó. Quería reunirse conmigo. Yo había sido su alumno en la universidad. De él había aprendido mucho, a entender que un idioma es un código, que con esas 27 letras podemos construir o deshonrar. Él me enseñó a desconfiar de las etiquetas y las certezas, a retarme, a abrazar las dudas. Con el paso de los años, nos habíamos convertido en amigos de bar de barrio, confidentes de letras, aunque siempre confrontados en el fútbol. Yo, del Real Madrid; él era hincha de cualquiera que estuviera en contra del Real Madrid. Resuelto el conflicto.

Esa misma noche fui a verlo a su piso en Las Letras. Me asusté. Lo encontré envejecido, con la piel del rostro craquelada y la mirada gris. Andaba en la medianía de los ochenta años, pero parecía un centenario. Como si aquellos meses le hubieran empapado la espalda con una lluvia de cenizas. El desorden en la estancia, la cama deshecha, los platos apilados en la cocina, todo ello era revelador de cuánto daño le había causado la muerte del amigo en cada milímetro de su alma y su cuerpo.

Su eterno acompañante, Lope, el gato de edad indefinible estaba recostado a su lado en el canapé, como si quisiera darle calor. Quevedo, el hermano mellizo, había muerto un año antes, y no de muerte natural. Un maldito imbécil, drogado, lo había capturado, metido en una bolsa y amarrado al guardafango de su moto. Al pobre gato lo encontraron diez esquinas más allá con el cuerpo destrozado. En el balcón, las palomas que lo visitaban cada tarde, ahí estaban, zureando y esperando la generosidad de las migas.

Sobre la desvencijada mesa de café, libros, sin orden alguno, y la foto de aquella mujer que fuera el único amor de su vida. "Yo soy viudo de mi Lucía, sin habernos podido casar", era la frase que decía siempre cuando alguien le preguntaba por la mujer en el retrato.

En aquella antigüedad de tocata sobre la mesa esquinera, un longplay -Serrat en directo- giraba a 33 revoluciones por minuto.

https://youtu.be/qdG2KFLGiPE?si=6vTCDrdtpmAp-4xZ

Le convencí de bajar al bar, no para que bebiera alguna copa que por seguro estaría de más. Sentí que un puchero le haría bien a su alma herida.

Don Paqui tenía una petición especial para mí. Necesitaba que lo ayudara a escribir esta historia que quizás alguien, armándose de suficiente piedad y comprensión y desvistiéndose de prejuicios, quiera leer. Él no se sentía ya con fuerzas como para sentarse frente a una página en blanco. "Manuel, ya las manos no me dan para sudar todo lo que hay que decir".

Por seis meses fui cada noche a asegurar que comiera, a asear aquel hogar y a escucharlo. No me iba hasta dejarlo acostado y bien arropado. Con el velador encendido. "Desde los tiempos de la postguerra le tengo miedo a la oscuridad", le había escuchado decir muchas veces. A don Paqui no le pesaban los años. Más bien cargaba sobre sus hombros con los recuerdos. Los viejos y los de nuevo cuño. Y a aquel cuerpo magro le dolían, vaya si le dolían, las mentiras que sirvieron de alimento al tan miserable amarillismo morboso y mercantilista que hizo fiesta con aquella muerte ridículamente inútil.

Del par de copas diarias había pasado al exceso. Bebía ya no por placer. Era para domesticar el dolor infinito que sentía. Pero el brandy que se tomaba tenía gusto a despropósito, a amargura. La mano le temblaba, no por los años o la artritis, y tampoco por el alcohol. Era por los pesados kilos de absurdos. Hablaba con el lenguaje de los tristes. Me narraba todo aquel enredo mojando ojeras. Las suyas no eran sólo lágrimas de dolor, eran de desilusión, de piel pringada de injusticia. Frente a aquella botella de la que bebía sin reparos, me repetía como en letanía que lo que me desvelaba era importante.

-No puedo morir dejando que lo que pasó se escurra por las ranuras y caiga en el tan concurrido infierno de los asuntos sin importancia. Hay gente que debe conocer de esto, personas allende la mar que tienen que entender qué diantres fue lo que pasó. Esos no pueden quedarse con la mediocre versión que esparcieron como ventarrón radioactivo las redes y los medios.

A esas intensas veinticuatro semanas de escuchar y escribir siguió un largo mes de revisión del borrador. No salimos de su piso, salvo para buscar de comer y beber. Terminó el otoño, pasó el invierno y llegó la primavera. Hasta que un día me dijo: "Ahora sí, Manolo. Ya puedes llevarlo a la editorial".

Creo que el día que tuve en mi mano el ejemplar de prueba fue uno de los más felices de mi vida, y el más triste. Corrí a llevarle el libro a don Paqui. Se lo di y sonrió.

-Alguna vez alguien dijo que en el ciclo de matar no hay principio ni final, sólo el perpetuo caminar de la muerte- le dije.

-Poco importa si él murió porque se lo buscó. Nadie se busca la muerte; se topa con ella. El disparate más atroz se apropió de la escena. Algunos buscaron justificaciones, otros escribieron el correlato de los atenuantes. Y no faltó el "yo te lo dije". La verdad, la triste verdad, es que alguien que pudo haber vivido se unió antes de tiempo al reino de la muerte. Y que quienes lo mataron, los autores de mano y los intelectuales, tendrán más garantías que la víctima. Porque para el difunto el reloj se detuvo; ya no hay más tiempo. Eso le dije al funcionario del ministerio público que, sólo para cumplir con un protocolo de investigación y rellenar un reporte, me escuchó- eso me dijo don Paqui cuando le di la prueba del relato.

Ver la historia finalmente en negro sobre blanco no lo hacía feliz, pero sí le daba lo que no había tenido en todos estos meses: serenidad.

-No se trata sólo de él. En estas páginas está la historia de esos cuatro que vinieron de América, tan españoles como tú y como yo. Aquí sufrieron, aquí lucharon, aquí cayeron, aquí se levantaron y aquí se enamoraron. Aquí construyeron. Aquí entendieron que la vida es pasado, presente y futuro. "Nuestra verdadera nacionalidad es la humana", escribió Welles.

Bajé al bar a buscar un par de bocadillos y unas cervezas. Y subí. Lo encontré tumbado en el canapé. En la mano tenía el libro. Su corazón no latía. Juro por Dios que su rostro estaba en paz.

Fue mi decisión que el libro se publicara sin más cambios, muy en contra de la opinión del editor encargado, un petimetre new age de las letras, que insistía en que a la historia le faltaba un gancho, un atractivo romance, un dramón que pudiera garantizar que se convirtiera en un best seller.

-Lo importante es que se venda- me dijo aquel majadero en el tono más altisonante que pudo encontrar en su escaso vocabulario.

Me negué rotundamente a cualquier mascarada de la realidad. Apenas acepté agregar estas líneas de vestíbulo.

-No y mil veces no-le dije. -Esta historia no es mía ni suya, ni siquiera es de Pascual Albacete. Es propiedad de los personajes y de los lectores. Se publica así, sin cambiar ni una coma ni un punto.

Un destello de inteligencia llevó al gerente de la editorial a darle boleto de salida a ese editorcillo, tan novato y frívolo en el oficio como en la vida. Me salvé de seguir teniendo que lidiar con él. Quien no suma no sólo sobra, resta.

El título, "Y es que Madrid", se lo puso don Paqui. Al principio creí que aquel qué galicado le costaría críticas de los puristas del idioma. Y así se lo advertí.

-Me importa un bledo lo que digan los relamidos. Esa frase es de "Madrid, Madrid", una canción de Hombres G, y está repleta de significado y significante. Ese es el título y así se queda.

Don Paqui era un hombre de principios. Cuando decía no, pues era no; nadie lo sacaría de sus trece. Aquello fue una sentencia sin apelación posible. En aquellos días de mediados de los 90 en los que había sido mi profesor en la universidad, usaba las canciones de Hombres G para mostrarnos cómo el lenguaje tiene que servir a quien lo escucha, no puede ser esclavo de encopetados de oficio.

Fui al bautizo del libro. Era uno de esos días del final del verano en el que Madrid es una mezcolanza de confusiones. Alguien ridículo, pero con poder, hizo una ceremonia con pétalos de flores que caían como aguacero sobre la portada. ¡Por Dios! Menos mal que don Paqui no estaba vivo para presenciar semejante despliegue de cursilería. Con un ejemplar en la mano, escapé de aquella ceremonia. Este vestíbulo fue omitido. No sé por orden de quién. Pero a mí ya no me quedan fuerzas para discusiones con almas intrascendentes.

Anoche pasé por enfrente de una librería, una de las más importantes de Madrid. En la vitrina por la que se deslizaba la lluvia vi el libro exhibido al lado de la más reciente obra del más popular autor de textos de autoayuda. Ni entré. De nada hubiera servido intentar explicarle al encargado el peso de tan portentoso desatino. Huí de allí y caminé hasta nuestro bar en Las Letras. Me senté en nuestra mesa, pedí una cerveza y brindé por él, por don Paqui. Y sí, las croquetas, la tortilla y las chistorras, como siempre, estaban estupendas. En el fondo alguien escuchaba Hombres G. Don Paqui sonreiría. Y yo me reconcilié con Madrid.

https://youtu.be/TniVWqAtuJA?si=CjjCfP0l56k4kQWy

Irse

"Para ser un inmigrante, primero hay que aceptarse como emigrante."

Antonio

Martínez, Buenos Aires, Argentina

En la cama de sábanas revueltas, Ari y Antonio jadean de placer. Y ríen. Lo suyo es lo que siempre fue desde que se conocieron: calistenia de la musculatura del placer. Llevan ya varios meses en una relación de amigos íntimos, sin ataduras ni promesas. Ninguno de los dos busca el amor eterno ni anillo en el dedo anular. Se trata simplemente de pasarla bien. Todo desatado, todo transitorio. Asunto de rehogar el aburrimiento. O eso creen. La vida los ha convertido en complacientes amantes de cuando en vez, sin apremios, sin costos, sin responsabilidades. Son rotos para un descosido.

Se conocieron aquella noche en la super rumba que se armó en el post del concierto de Maluma Baby en el Hipódromo de Palermo. Ella lo vio y no tuvo reparo alguno en acercarse. Para luego es tarde. Y le bailó su mejor contoneo. Fue muy fácil. Él se rindió de una, sin ofrecer resistencia. En el siglo XXI, las mujeres proponen y disponen.

21

Tras ya cuatro años en Buenos Aires, Ari se las sabe todas más una. La suya fue una larga travesía. Salió de Caracas en autobús hasta Boa Vista. De allí hizo el trayecto por carretera a la amazónica Manaos, y de Manaos por tierra al aeropuerto de São Paulo. En ese aeropuerto estuvo 23 horas esperando por el vuelo más barato posible a Buenos Aires. Cuando finalmente tocó el timbre en casa de su amigo Juancho, venezolano que ya había hecho el mismo azaroso trayecto un año antes, no podía creer que lo hubiera logrado. Desde que saliera de la terminal de oriente de Caracas hasta poner los pies en el rellano del edificio donde vivía Juancho, habían transcurrido 9 días, 13 horas y 17 minutos. Estaba hecha polvo, pero preparada para lo que fuera.

A la semana de estar en Buenos Aires ya estaba de mesera en un restobar muy pituco en Palermo Hollywood. Sin papeles, pues nada de sueldo; pero con las propinas se las fue apañando. Luego le dijeron que había unos bares en Puerto Madero que contratan pibas para alborotar los bailes. Nada de prostitución. Sólo lograr que la gente bailara y se divirtiera. Y consumiera. Ahí le pagaban bajo la mesa, en negro, pero al menos una cantidad fija y un porcentaje sobre consumición.

Una mañana pasó por enfrente de un gimnasio muy de moda y vio un cartel de "se busca instructor de Zumba". "¡Ja, salió mi número!", pensó. Y entró. Al día siguiente ya estaba ahí, a destajo, con cinco sesiones diarias. Sus trámites de inmigración al fin progresaron porque entre sus alumnas estaba la hija de un pesado del gobierno. La pituca catira resolvió el asunto. En cuestión de días su situación migratoria se volvió legal, con documento con sello húmedo y marca de crestas papilares. Y pudo dejar de ejercer el estatus de habitante del sofá de Juancho.

Un día en el gimnasio se le acercó un tipo, medio raro, como indefinible. Le preguntó si ella sabía bailar reggaetón. Pregunta idiota. Se levantó, puso El Amante de Nicky Jam.

En apenas segundos estaba mostrándole cómo es que de verdad se baila reggaetón, sin la vulgaridad que tantas bailarinas concentran en "perrear". Lo hizo más bien para restregarle en la cara a ese relamido sus incomparables dotes. La verdad, quería cachetearlo, lonjarle los prejuicios, y sí, mofarse de él. Resultó que el tipo estaba haciendo casting para cuerpos de baile para videoclips de los reguetoneros más importantes. Y así, Ari se cambió el nombre a Ari-G y entró a formar parte de la élite de los bailarines que recorren las tablas con los reguetoneros de moda.

De Ari, Antonio había tomado consejo.

-Mira, Antonio de mi vida, Toñito de mi corazón: ¡Óyeme bien! Párame bola, ¡que esto es en serio! El pasaporte es oro en polvo, así que te lo guardas en una bolsita que te guindas en el cuello y te la metes dentro de la camisa. Al celu le pones clave de seguridad y te lo encadenas a la muñeca. En el carry on pones lo que es indispensable y dos candados, de los buenos, no de esos Hello Kitty. Y no lo pierdes de vista ni para hacer pipí. Los euros te los repartes entre un cinturón de esos con cierre para adentro que te pones debajo del pantalón y en paqueticos dentro de las medias, que cuando te quites los zapatos quedan ahí. No vayas vestido como mula de drogas. Con buena pinta. Bonitico, con una chaqueta de gente decente y unos jeans que no sean de última moda y, por el amor de Dios, sin huecos. Nada de zapatos o correas de esas que son copias palurdas de marcas. Ah, y en el aeropuerto y en el vuelo no confías en nadie, ni que tenga cara de la Madre Teresa de Calcuta y te invite a rezar un Padre Nuestro.

Cuando Ari se fue, bajo la ducha Antonio intentó hacer recuento de lo que aún tiene por hacer. En tres horas tiene que salir a Ezeiza. Camina por la casa. Ve todo con detenimiento, como para archivar fotografías en su mente. Las que tiene guardadas en su móvil no muestran las emociones. Esas, las que no se puede compartir, quedan en su corazón, bien agazapadas en su alma, donde nadie pueda verlas. Los muebles, cada uno de ellos, ya están cubiertos con sábanas blancas. Aquella casa, ese patio de ilusiones que su abuelo había construido literalmente con ladrillos sudados. Allí estaban tres generaciones de memorias. Mira el retrato de la abuela, con sus cabellos cenizos y esa sonrisa tímida que siempre tuvo. Revisa los bolsillos de su pantalón. Sí, lo tiene, en un bolso de terciopelo con cordel de seda, el collar de perlas, el mismo que lucía la abuela en aquel cuadro que había sido el regalo del abuelo cuando las bodas de plata. Allí, en ese preciso momento, como en el tango, se jura volver, "con el alma aferrada a un dulce recuerdo que lloro otra vez".

Ya decidió irse, pero nadie oirá en confesión de qué tamaño y color es el miedo que siente. Que nadie se dé cuenta de que el invencible Antonio nunca ha dejado de ser el niño mimado de la mamá que murió, el único y tan consentido nieto de los abuelos que se fueron demasiado pronto, dejándolo huérfano de amor.

Hace una última revisión al placard. Se asegura que en él no quede nada importante. Huele por última vez la lencería de la abuela, perfumada de jazmín. Toma un pañuelo, de algodón, bordado con sus iniciales por las manos de la abuela. Se lo guarda en el bolsillo. Sale cerrando la puerta con llave. Camina hacia el "remís". Se para, da vuelta y mira por última vez la casa. Cierra la verja. Mete la valija en el portaequipaje abierto del auto y lo cierra. Se monta en el asiento trasero. Se calza los Ray-

Ban Aviator y mira su celular, escribe en Instagram y postea una selfie. Mira por la ventanilla, con mirada de sentimientos encontrados.

"¿Ezeiza o Newberry?", le pregunta el remisero. "Ezeiza, la terminal internacional". Sin el gentil "por favor". El auto arranca a toda velocidad. Bye bye Martínez, chau vida conocida, adiós mi Buenos Aires querido. No, no mira hacia atrás.

Felipe
Medellín, Colombia

¿En qué momento se rompió todo? ¿En qué preciso instante la furia pudo más que la sensatez? ¿Cómo fue que llegó a esto? Felipe tiene la carta en la mano. La lee, una y otra vez. En elegante papel membretado y con firma del presidente, la flamante compañía de seguros le anuncia una restitución por apenas una misérrima cantidad. "El siniestro fue revisado. Hemos evaluado los daños y a pesar de que la póliza no cubre motines y actos vandálicos, nos complace indicarle que cubriremos el 10 por ciento del monto indicado en su reclamo". Eso rezaba la comunicación. Ese era el pomposo dictamen sin posibilidades de apelación. Adiós años de trabajo.

El primo madrileño, Fernán, le dijo que se fuera a Madrid. Que en el hotel sería feliz trabajando. Le puso a la orden el restaurante para que lo gestione. "No tendrás ningún problema, porque eres español. Y soltero, chaval, mejor aún…"

Los dos meses que tardó en armar todo fueron del más astringente dolor. Vender todo lo que pudiera para hacerse de algo de plata. Le pagaron centavos por el local chamuscado y una ridícula cantidad por las licencias. El departamento no. Ese no lo vendería. Porque eso sería decretar que no habría regreso. Evitó las despedidas. Sólo unos pocos supieron que se iría. Y finalmente allí estaba, cerrando la valija, haciendo lo mismo que había hecho su abuelo décadas atrás: empacar cuchillos de cocinero, para volver a empezar. Toma el equipaje, activa la alarma, sale del departamento y cierra la puerta con doble llave. Se monta en el taxi que por una tarifa estrafalaria lo llevará a Rionegro. Hasta para irse, en Colombia todo es caro. Sentado en el asiento de atrás, no mira hacia atrás.

Andrés
Monterrey, México

Huir es mejor que quedarse cuando no hay modo de ganar. Luego de mucho pensarlo, a esa conclusión llegó Andrés. La felicidad del futuro perfecto terminó hecha trizas aquella horrenda mañana en el kilómetro 27 de la autopista de San Miguel de Allende a Ciudad de México. En el asfalto húmedo quedó retratado ese dolor que no hay cómo curar. Lo consume la tristeza, la rabia y la culpa. ¿Por qué ella y no él? Lleva un año entero dejándose llorar por las esquinas, bebiendo alcohol y melancolías, inventando que aquello no había ocurrido, que todo era una pesadilla de la que, maldita sea, no lograba despertar.

Rueda la valija, toma el abrigo y cierra la puerta del departamento. En el ascensor se ve en el espejo. No siente nada frente a aquel reflejo. Dejó de ser él. El portero lo espera, toma su equipaje y se lo entrega al chofer que le han enviado desde la oficina. En el asiento de atrás hay un sobre, con todos los documentos. Ni siquiera lo revisa. Lo mete en el bolsillo del caballero de su blazer.

-¿Al aeropuerto, directo, patrón?
-Sí, por favor, lo más rápido posible.

No, Andrés no mira atrás.

Beltrán
La Candelaria, Caracas, Venezuela

En Venezuela, como en toda Latinoamérica, los descendientes de españoles son bilingües. Hablan el castellano de calle del país donde nacieron y dominan también el de sus ancestros. Eso no cambia con las generaciones. Los niños hablan entre ellos de jugar a las metras. Para los mayores, que jamás perdieron el acento y el vocabulario, se trata de "canicas".

-Padre, me voy. No sé bien quién soy. He de hallarme. Porque me encuentro extraviado.

En venezolano, esa declaración sonaría: "Viejo, me tengo que ir. Estoy perdío. Papá, ya no sé ni quién carajo soy." A Beltrán el libro del abuelo le despertó preguntas adormiladas. El cambio de apellido era apenas una de las tantas estrofas de esa canción que no sabía bien cómo cantar sin desafinar. Siempre supo que la vida del abuelo había sido un laberinto de azares, pero leerla de su puño y letra, verla en cada una de sus fotografías en blanco y negro, le había mostrado un capítulo desconocido de la historia. Y aquella era, al fin y al cabo, su propia historia, de allí venía él. En esas páginas habitaba el relato de su esencia. Allí estaba su propio yo como sujeto, su predicado con muchos adverbios, sus verbos transitivos. Buscar, escudriñar, encontrar. Para intentar entender.

El padre lo despidió en la puerta de casa. Tiene que dejarlo ir, aunque sienta que el corazón se le hace pedazos. Un beso en la frente. Y el abrazo fuerte que se da en silencio al hijo que va en procura de su pasado para encontrar las claves gramaticales para escribir su futuro. Beltrán carga el equipaje, baja a la acera, se monta en el "Ridery" y se va. Al

29

cuello, la medallita de la Virgen. Adiós
Caracas; adiós La Candelaria. No mira atrás; si
lo hace, no se irá.

Bye bye

Ezeiza es lo que siempre ha sido y
siempre será: el retrato de la mezcolanza de un
país fantástico que no se entiende a sí mismo,
que camina de puntillas por el desvarío, sin
nunca llegar a precipitarse al abismo. "Entre la
gloria y los pesares", escribió Bioy Casares.
Antonio buscó la manera de evadir la
larga fila de pasajeros en el check-in del vuelo
Buenos Aires-Madrid. Y, claro, hubo alguien
que lo detectó y de inmediato lo frenó. Así que
no le quedó de otra que esperar su turno. El
pesaje de su equipaje llegaba justo al límite de
lo permitido. Pasó emigración con cara de
sobrado, de bendito por las estrellas. Intentó
entrar en el salón VIP, pero su sonrisa y las
lisonjas a la chica de la entrada de poco le
valieron. Buscó la puerta de embarque y se
sentó a esperar como un cualquiera más.
El aeropuerto Rionegro es un caos de
personas con equipaje. Policías con perros
recorren cada milímetro de la terminal. Felipe
llega al counter de migración. El funcionario lo
mira como bien gusta hacerlo, con desprecio.
Pasa los controles y se sienta a esperar en una
fila de bancos. Mira a uno y otro lado. Suerte,
nadie le resulta conocido. Llaman al vuelo.

Saca su "pasabordo". En la cola antes del gusano lo vuelven a cachear y le ponen al perro a que lo olfatee. Piensa para sí mismo "que jartera de país". Entra al avión. La asistente de vuelo lo ignora. Los pasajeros de económica son ciudadanos de segunda. Busca su puesto y se sienta. Mira por la ventana. Ah, Medellín. Tan generosa y a la vez tan perversa. Tantas almas vivas caminando por tantas calles y aceras pintadas de pólvora y muertos. Y el olvido, ese que es la capa impuesta con letra de ironía y con leyes con las que se tapiza todo. Recuerda escenas de la película. Sí, "El olvido que seremos". Más tarde o más temprano, todos seremos olvido, no importa cuánto queramos vestirnos de recuerdos.

En el elegante salón VIP del Aeropuerto de Monterrey, Andrés escucha el llamado de su vuelo. Se levanta, apura su segundo whiskey de una sola malta, toma su maletín y su abrigo y sale del salón. Camina sin prisa por la terminal siempre tan congestionada. Llega al counter de entrada al vuelo. La suya es la fila de privilegio. Muestra su boarding pass y entra en el avión. La azafata, que en recientes tiempos por aquello de la "corrección laboral" hay que llamarlas "asistentes de vuelo", le sonríe, toma su abrigo y lo conduce a su asiento en primera clase. Se sienta y mira por la ventanilla. Apaga el móvil. Pide agua. Del bolsillo saca dos píldoras, un tranquilizante y un antidepresivo. La joven y elegante azafata le trae una copa de agua. A ella le pide que cuando despeguen le traiga un whiskey, doble, con hielo. Se traga las dos pastillas. "Ladies and gentlemen, please fasten your seat belts", dice una voz en un inglés con acento fronterizo. El avión despega.

El aeropuerto internacional de Maiquetía ha sido cuidadosamente maquillado. Es una de las estratagemas para convencer a locales y foráneos de lo bien que anda el país. Beltrán es hombre de poco discutir. Hace la cola para chequearse en el vuelo sin rechistar, ni siquiera cuando con absoluto descaro una pareja chapeó para pasar directo. La muchacha de la línea aérea puso la única cara que podía poner: la de la resignación. Cuando fue el turno de Beltrán, la joven masculló una disculpa. "No se preocupe. Que me sé de memoria cómo es", le respondió. En la casilla de migración, el funcionario revisó su pasaporte. Puso el sello haciendo alarde de desgano. Lo escuchó decir: "Qué vaina… Otro carajito que se va".

Llegar

"Si no le gusta el camino por el que camina,
comience a pavimentar otro".

-Dolly Parton

Sudacas

Aquella mañana, como casi todas las mañanas, el aeropuerto de Madrid es un desordenado diccionario de absurdos en medio de una belleza tecnológica sin parangón. La voz en el parlante quiere hacer creer que los viajeros han llegado a un país meticulosamente organizado.

"Sed bienvenidos al Aeropuerto Internacional Adolfo Suárez, que sirve a la Ciudad de Madrid, capital del Reino de España. La temperatura es de 5.2 grados centígrados y para gran sorpresa de todos, hoy llueve, así que tomad vuestras previsiones."

La voz femenina, de dicción cuidada y melosa y pronunciación neutra, hasta hace parecer que Madrid de veras abre sus puertas a los extraños.

Madrid es el sueño de todo latinoamericano. Una suerte de festival en el que se fantasea con sonrisas adornadas de ole con capota. Los latinoamericanos creen, porque quieren y necesitan creerlo, que los españoles son mejores que ellos. Más cultos, más elegantes, más gente. Que no tienen ni pizca de ese tercermundismo que se han

33

diagnosticado como mal incurable entre la ribera del Río Grande frontera con Estados Unidos y los confines del austral Cabo de Hornos.

Curioso. No hace muchos años la historia se leía al revés. Los españoles llegaban a México, a Colombia, a Argentina, a Venezuela, a Perú y a tantos otros países del nuevo continente con las mismas fantasías en la cabeza. El ser humano busca sueños y les pone escenario. Y luego construye un conveniente relato. Cuestión de supervivencia.

En el primermundista aeropuerto de Madrid a la señora realidad le toma minutos apenas y muy poco esfuerzo el hacer polvo cósmico todos los estereotipos. Luego de la reacción post pandémica, la terminal ha recuperado su aspecto habitual, el de un lugar repleto de personas que van a lo suyo y a las que no puede importarles menos lo que sea que le ocurra a los demás. Del otro, quien sea ese otro, hay que distanciarse. Coliseo de egoísmos, es el glosario del desprecio, donde la palabra prójimo no cabe. Si algo permite la tecnología es el aislamiento. Cientos de personas con el móvil engomado a sus manos caminan como príncipes de la irrealidad del siglo XXI.

Finaliza el otoño. En la misma fila en Inmigración, cuatro hombres. Uno proviene de Buenos Aires, otro de Medellín, el tercero de Monterrey y el cuarto de Caracas.

Trámites de ingreso. Como vienen de América, les revisan hasta el último pliegue. Los miran con suspicacia. Como descendientes de españoles, esos cuatro tienen la nacionalidad y son, según la legislación vigente, ciudadanos de pleno derecho de España, y también de ese sancocho que llaman Europa. No está claro aún, porque el legislador dejó eso en veremos, si esos españoles son súbditos de la Corona. El trámite de inmigración lo hacen en la fila de "Nacionales". Los cuatro hablan con ces y zetas pronunciadas como eses, pero son españoles, quizás sin abolengo, pero con linaje deconstruido. Tienen, como todos los latinoamericanos que cuentan con la doble nacionalidad y un pasaporte español, la fantasía de que serán recibidos con una sonrisa de piano de cola y con la grata frase "sed bienvenido a vuestro país".

Uno tras otro, a eso cuatro ese funcionario que en mala hora les tocó un turno en Inmigración se encargó de hacerles jirones esa ilusión y les brindó, como carta de salutación, su mejor mueca de incredulidad y una revisión escrupulosa del documento, por principio poniendo en duda la autenticidad. El hombre frunce el ceño y da como ofrenda una silente mirada acusatoria de "sois culpables hasta que probéis lo contrario". Luego de varias preguntas cáusticas con peste a indagatoria policial, de radiografiar el pasaporte con rigor y de cotejar huellas dactilares, al fin y de peor gana, el mequetrefe prevalido con poder de veto estampa en el librito con carátula con antetítulo "Unión Europea", título "España" y todo engalanado por el escudo español, un sello de autorización de ingreso, y agrega un despectivo "hala, al lío", como queriendo decir que sabe, no supone, que "vosotros venís a robarnos algo, a quitarnos algo, a aprovecharos de nosotros que somos los auténticos". ¿Auténticos? En el mundo la autenticidad es ya una película de ficción creada en laboratorios de inteligencia artificial.

Los latinoamericanos descendientes de españoles hasta la tercera generación tienen derecho a la ciudadanía legal y hasta a pasaporte con derechos europeos. Es un derecho, no una cortesía. Pero para los españoles del Reino, aunque lleguen vestidos de seda, esos advenedizos son "sudacas". Claro, el término hoy va siendo convenientemente dulcificado por las normas de lo "políticamente correcto", y porque esos hispanos venidos de las Américas son quienes cuidan a los ancianos, hacen labores que ya los locales no quieren hacer y son bastante más aceptables que los que llegan a España escapando de Siria, o de Ucrania y o en pateras desde el África negra. Los "hispanos" de la América al menos son blancos, hablan español, o algo parecido, y hacen la señal de la cruz. Ya no son, como alguna vez fueron, los hijos de los queridos parientes idos a tierras exóticas allende el Atlántico. Muchos de la gran metrópoli les adeudan haber podido trasegar el dolor intenso del estómago perforado por el hambre.

Pero el tiempo hace su magia y todo eso que pasó, pasó, ya se mandó al cuarto cajón de los recuerdos muertos, se le puso naftalina y doble cerrojo. Y ya se borró también hasta del último sótano del inconsciente que fue de tierras de esas provincias en las otras costas de la mar océano de donde surgió la riqueza que hizo tan grande y poderoso al imperio. Que sin América no hubiera habido "Imperio donde nunca se pone el sol". Por conveniencia, las nuevas generaciones no saben a qué viene aquello de "un Potosí". O quizás sea amnesia a discreción, tan cómoda para descartar lo que es una verdad que es una tela sin esquinas raídas: que España no se entiende sin Hispanoamérica, ni Hispanoamérica se entiende sin España. Que las glorias y los dolores tienen prefacios y cuerpos narrativos en común, que las suyas son historias que en realidad son una sola, sin párrafo final. Todo se resume en una simple y sencilla realidad, unos y otros son, como única verdad inmutable, portaestandartes de la hispanidad. Vaya si cuesta que lo entiendan unos y otros. Tan torpes los unos como los otros, repitiendo sandeces y usando términos que no calzan con la historia, como hablar de "colonias", cuando España no las tuvo. Tuvo provincias. Allende del mar, provincias, algunas hasta Virreinatos. Pero la ignorancia repetida mil veces se cuela en los cerebros y acaba perfumada de verdad.

Aquellos cuatro hombres tienen en común mucho más de lo que la simpleza de una mirada incauta pueda detectar. Una historia familiar de abuelos que décadas atrás hicieron las Américas. Unas causas que lucen distintas en esencia producen empero en los descendientes el mismo efecto: el de verse haciendo un viaje como el que hicieron los abuelos, pero de vuelta, emigrando a aquella, la tantas veces llamada "tierra de los mayores", o, para más cursilería, la "Madre Patria". Y sin tan siquiera intuir, aquellos cuatro tienen en las páginas de un futuro pendiente por escribirse unas mujeres que les harán pensar y repensar. Porque en la historia de todo hombre, quiéralo o no, habrá una mujer que cambie la sintaxis y perfile el trazo dentro de las márgenes de un cuaderno de vida.

Quizás fue el destino el que les jugó trucos. Sin sus incontrolables designios, aquellos cuatro, perfectos desconocidos, acaso no se hubieran topado jamás, ni hubieran terminado con las vidas insólitamente entretejidas. Horas antes, cuando cada uno abordó su respectivo vuelo a Madrid, allá lejos en Rionegro, en Ezeiza, en Monterrey y en

Maiquetía, ni de lejos se les cruzó por la mente que la vida les deparaba aprender a cantar en cuarteto la canción del inmigrante.

Son 12 horas, 38 minutos de vuelo entre Monterrey y Madrid. 12 horas, 36 minutos entre Buenos Aires y Madrid. 8 horas, 37 minutos entre Medellín y Madrid. 9 horas, 13 minutos entre Caracas y Madrid. Ah, el viejo mundo queda lejos, tan lejos. Décadas atrás, a los abuelos de aquellos cuatro el recorrido a la inversa les había tomado semanas, que no horas. La travesía la habían hecho sin lujos ni comodidades en buques trasatlánticos. En las casas de esos abuelos había fotos en sepia montadas en sencillos portarretratos de esos viajes que los convirtieron en inmigrantes en América. Ellos, los nietos, hacen ahora el gran viaje de retorno, en jets de trescientos y tantos pasajeros. Esas semanas de los abuelos se habían convertido para ellos en apenas horas, pero horas con sabor a interminable. Seguramente el cuerpo, más sabio que la mente, hubiera preferido la navegación, incluso con los riesgos de la mar y los inevitables mareos.

Retirar el equipaje fue, como era de esperarse, otra odisea. La sala era un monumento a la entropía. Era obvio que la gentileza de la línea aérea se había esfumado tan pronto esas valijas cayeron en manos de funcionarios en los aeropuertos. Golpeadas, embarradas y sí, con sospechosas marcas de haber sido abiertas. Así se veían en la rueda de equipaje en las que comenzaron a aparecer desde las entrañas del Adolfo Suárez. Y vaya que los funcionarios de aduanas no mostraron remilgos a la hora de revisar minuciosamente y con tufo de superioridad moral. Los latinoamericanos son, por decreto no escrito, casi que por norma -que no por excepción- contrabandistas y narcotraficantes. Han de probar lo contrario.

El golpetazo en el rostro fue fuerte. Del calor que una absurda calefacción impone a la terminal cayeron sin anestesia en piel y huesos en el frío de Madrid. La ráfaga de lluvia les punzó el rostro. Preludio, tal vez, de que la cosa venía hosca. Que lo que tienen por delante es cante jondo, no rumba flamenca con tracatrá. En ese momento entendieron que ser inmigrante no tiene el encanto pasajero de ese turista sonriente que protagoniza las campañas publicitarias de las líneas aéreas. En España, ellos, los inmigrantes de la América no son "hermanos hispanos", son sudacas.

I love Madrid

Hizo la fila de espera en el sitio de embarque del autopullman expreso a Madrid. El operario le arrebató la valija y la lanzó con absoluto desdén en el guardamaletas. Se sentó en la primera butaca de ventana que halló. Con impaciencia esperó que el resto de los pasajeros abordara. Se tocó para asegurar que no había perdido ninguna de sus "joyas". Pasaporte, móvil, dinero, el bolsito con el collar de perlas de la abuela. Abrazó el carry on. En el autocar había conexión WIFI. Le escribió a Ari: "Llegué. Los choferes de autobuses de Madrid son como los de los colectivos de Buenos Aires, la misma mierda. Beso."

A Andrés lo esperaría un coche. Eso le habían dicho. Miró alrededor y vio un hombre muy prolijo que elevaba un cartel con su nombre. Inteligentemente, quien fuera que había hecho el anuncio, había incluido el logotipo de la compañía, así que le resultó fácil identificarlo. El chofer de amplia sonrisa le alcanzó un paraguas y con gentileza tomó su equipaje. El coche era un buen sedán, del último año, impecablemente limpio y lustrado. El conductor lo trató de "usted" y de "don". Le indicó que lo llevaría al hotel, "uno muy bueno", que le habían reservado, donde "le esperará la señorita Aurora". Aurora, española, la gerente de oficina, epítome de la eficiencia. El chofer hasta le preguntó si deseaba que conectara la radio o si más bien prefería hacer el trayecto en silencio. "Como usted prefiera", le respondió mientras leía el aviso de "Madrid 16 kilómetros".

Más allá, Beltrán carga con el poco equipaje que lleva, una maleta mediana y un morral. Camina hasta una esquina, busca al primo Juanjo, al que sólo conoce por un par de conversaciones. Afuera de la terminal de pasajeros, cruzando hacia el parqueadero, lo ve. Un buen apretón de manos, como corresponde entre parientes.

A Felipe no lo espera nadie. O sí, pero en la ciudad. Allí lo aguarda el primo, Fernán, que lo ha convencido de irse a Madrid a reestartear su vida. Arrastrando la valija, el maletín cruzando el pecho sobre el chaquetón y el móvil en el bolsillo caminó siguiendo los letreros hasta el andén que marcaba "taxis". La fila era interminable, más de veinte, entre individuos, parejas y familias. Tocaría esperar. Se arrodilló y abrió la valija, sólo para constatar que el estuche de cuchillos siguiera allí, que no había sido decomisado por algún funcionario con pavores antiterroristas. Sintió alivio al palparlos. Los diez minutos hasta que llegó su turno se sintieron como fardo adicional sobre su tenaz cansancio. Algunos allí esperaban mascullando quejas. Él no. Sabe esperar. Los colombianos son duchos en esperar. Y en guardarse el derecho a protesta en los bolsillos. El taxista arrancó el coche a toda velocidad. De piel tan negra como la tinta china, el nombre en el carné de conductor exhibido en el panel -Ahmadou Mbengue- denotaba su origen africano. Entre el español que se habla en Colombia y el que se habla en España hay distancia sideral. Pero con aquel inmigrante, quizás del África francófona, mejor ni intentar comunicación. Prefirió acercar su móvil con la indicación de localización en Google Maps: Abada, 7, Centro de Madrid.

Welcome to Madrid

"Allá donde se cruzan los caminos, donde el mar no se puede concebir, donde regresa siempre el fugitivo... pongamos que hablo de Madrid...".
-Joaquín Sabina

La vida pone trampas

https://youtu.be/JgxMARc7a-I

Aquella mañana la autopista Barajas-Madrid estaba especialmente congestionada. La lluvia de ya varias horas la había convertido en una pista de patinaje. Dos hombres, de edad indefinida, van en una furgoneta, con el radio encendido a todo meter. La música no permite ni escuchar los pensamientos.

El conductor acelera. Maneja descuidadamente. Sobre el ruido de aquella canción aquellos dos discuten, a los gritos. Quizás, de haber estado más atento a la vía y no a la ensordecedora canción y al pleito inútil, el idiota no hubiera perdido el control. Cuando le estalló la llanta clavó los frenos. Derrapó unos metros y acabó dando tres vueltas de carnero. El autobús que venía detrás, intentó una maniobra, pero no pudo evitar deslizarse sobre aquel asfalto varios metros y terminó estrellándose. Lo que vino a seguir fue un desastre en cadena. Allí, a la altura del kilómetro 7 de la M-40- 39 vehículos se estamparon unos contra otros. Todo sucedió en menos de un minuto, pero para quienes lo vivieron, lo ocurrido fue una pesadilla en la más angustiante cámara lenta. Luego vino un silencio, rancio, denso, el tipo de silencios que precede a los gritos de herida y muerte y al ulular de las sirenas de las unidades de bomberos, policías y ambulancias.

Beltrán no sabe bien dónde está. Ve a través de la nebulosa de sus ojos ensangrentados a unos hombres que tratan de rescatar a su primo que está en el puesto del conductor. Sin conocimiento y muy herido. El bombero le habla a Beltrán. Escucha la voz del hombre como en un lejano vaho. No logra entender lo que le dice. Ve que sacan el cuerpo inerme del primo y siente que a él también lo halan para sacarlo del coche. Huele a combustible. Eso fue lo último antes de sentir que caía en un vacío.

La sala de triaje, que había amanecido como un día cualquiera, en cuestión de minutos se convirtió en un pandemónium. Los especialistas en trauma que atendieron la emergencia tuvieron la compostura que requieren estos casos. Auscultaron a los accidentados y uno a uno con etiquetas de colores los fueron clasificando según el daño. Varios heridos graves tuvieron que pasar a cuidados intensivos y otros tantos a quirófano.

Tres fallecidos, un hombre, una mujer y un niño, extranjeros, llegados en un vuelo desde Estados Unidos, fueron trasladados a la morgue y comunicada la lamentable novedad a la Embajada americana. Pero hay otros fallecidos, ocho, tan quemados que resulta imposible identificarlos. Entre ellos, una niña de unos cinco años y un bebé de brazo.

Quiso Dios que aquellos cuatro estuvieran entre los heridos leves. Pero la sangre es escandalosa y sobre todo si las lastimaduras ocurren en rostro y manos. A Andrés, Antonio, Felipe y Beltrán, clasificados como "españoles", los pasaron a una sala de recuperación en la que debían esperar a que enfermeros y otros especialistas certifiquen que están fuera de peligro y les dieran el alta. Ahí, en esa mañana de confusión, en aquella sala, esos cuatro se conocieron.

Un oficial de Protección Civil anuncia que afuera hay transporte para llevar a los que allí se encuentran a donde sea que necesiten ir en Madrid. Pero Andrés no se moverá de ahí hasta tanto no sepa a ciencia cierta cómo está el chófer que lo buscó y a quien no han pasado a esa sala donde están los que están fuera de peligro. No importa lo que le digan, Antonio no va a ir de ahí hasta que no le entreguen su valija o le digan dónde y cómo recuperarla. Que en esa valija están sus ropas de buena marca, sus zapatos de cuero auténtico argentino, su abrigo comprado en la mejor sastrería de Recoleta. Felipe no se moverá hasta que no le den razón del taxista que, por alguna razón desconocida, no han llevado a esa sala. Y Beltrán, sin saber de su primo, no se va a mover.

En la sala no hay conexión de WIFI. El único al que le funciona el móvil es a Andrés, porque tiene línea internacional de Sistemas de Monterrey con todos las features. Muchos de los que están en esa sala aceptan movilizarse hasta el transporte que ofrece Protección Civil. Al rato, sólo quedan ellos cuatro y algunos otros, porque entre los heridos aún en atención están familiares que viajaron con ellos.

Antonio se queja amargamente porque no tiene conexión en el móvil. Lo hace a viva voz y puteando en porteño, con palabrotas que nadie entiende. Andrés ofrece su ayuda. El sí tiene conexión, su móvil está a la orden, si alguien necesita hacer una llamada. De una, Antonio le tomó la palabra. En realidad, no sabe a quién llamar. Pero toma el móvil y llama a la línea aérea. Es una conversación idiota, porque, por el momento, nada puede hacer la empresa. Le cortan, y él le devuelve el móvil a Andrés mientras masculla improperios. Felipe, en el tono más educado que encuentra en su portafolio de gentilezas paisas, le dice a Andrés que quizás podría prestarle el móvil para avisar a su primo, que está en Madrid y tal vez aún no sepa del accidente. Riega su pregunta de quizás y por favor. La llamada dura lo mínimo necesario. No quiere abusar. Se deshace en agradecimiento. Y le ofrece pagarle la llamada. Beltrán no sabe a quién llamar. Sólo tiene el número de su primo, que estaba con él y que sigue en emergencias. Andrés le pregunta si no quiere avisar a alguien de la familia. "Mi familia está en Caracas." Prefiere llamarlos más tarde cuando ya estén fuera de esto. No quiere angustiarlos. El número de Borja, el otro primo, no sabe dónde carajos lo anotó.

Andrés se aleja hacia una esquina y decide hacer un par de llamadas. La primera a Monterrey. No quiere que en casa se preocupen cuando los medios y las redes exploten con la noticia del "trágico accidente en Madrid". "Estoy bien, no estoy herido", le dijo a su hermana. La segunda llamada es a Aurora, jefe de la oficina en Madrid. Con voz calmada le explica lo sucedido. Sí, él está bien. No pasa de unas leves magulladuras. Pero del chófer aún no sabe y no consigue quién le informe. Y en el coche quedó su maletín. Algunos papeles importantes y, ah, su ordenador.

La colisión, barrocamente aparatosa, que se produjo por una llanta que explotó sin aviso a aquella furgoneta que transportaba verduras, les dio comidilla a los medios, en aquella mañana que se perfilaba como una de "nada pasa en Madrid". La prensa se presentó casi de inmediato y reportó con toda la morbosidad posible. Heridos, muertos. Y en los alrededores, la ola de curiosos. Día de dolor. El cielo llora y Madrid, señora de aquella Europa del siglo XXI, es forzada a vestir crespones de tristeza. Como si no hubiera sido suficiente con todos los fallecidos por la pandemia, la tristeza no da tregua. El duelo de esta nueva tragedia no se calmará con el paso de los días, aunque las ofertas de los grandes almacenes pretendan desactivarlo con su publicidad extravagante. Los medios repiten alabanzas. Las afanosas ambulancias del SAMUR trasladaron a todos los heridos al hospital en tiempo que supera la media europea. Punto para ellos en momentos en que están preparando los presupuestos.

El destino se erige en dueño y señor y quien así no lo entienda no alcanzará jamás a comprender que los traspiés a veces son las puertas que la vida nos abre, acaso con rechinos, para que caminemos por pasillos desconocidos.

Beltrán

Nunca había puesto pie en España. Raro. Rarísimo. Beltrán conocía muy bien España, pero otra España, la España de La Candelaria de Caracas. La de la Hermandad Gallega, el Centro Asturiano, el Casal Catalá. La España del frigorífico y del Mercado de Quinta Crespo. Esa era su España. Pero a la

Madre Patria, la tierra del abuelo, a esa no había ido jamás.

Al otro primo, Borja, hijo de un primo tercero, lo reconoció de inmediato. Habían tenido un par de conversaciones por Facetime. Y además era increíblemente parecido a las fotos del abuelo Beltrán. Sus mismos ojos de grises ojeras, su misma sonrisa. Se abrazaron con los músculos del parentesco de sangre, como si se conocieran de toda la vida. Juntos salieron de allí.

Aurora

En la casa del Cordón, un palacio renacentista del siglo XV que se alza en el casco histórico de Burgos, recibieron los Reyes Católicos a Cristóbal Colón luego de su segundo viaje a las Indias. En ese palacete murió Felipe I el Hermoso, esposo de Juana, princesa y reina, hija de Isabel y Fernando, que lo amó más allá de la locura.

Nacida en Burgos, Aurora pasó toda su crianza escuchando hablar de la nutrida historia burgalesa. Su madre era maestra de escuela y su padre ebanista restaurador de valiosas piezas religiosas, muchas de las cuales fueron encargadas por Isabel y Fernando, los Reyes Católicos, para que la ciudad tuviera ánimos de santidad. Aurora quiso hacer carrera y vida en Madrid. En realidad, necesitaba huir de Burgos. Y lo hizo.

Aurora es el non plus ultra de la eficiencia. Habla cuatro idiomas -español, inglés, francés y alemán- y a sus 32 años es graduada en Ingeniería de Sistemas y también en Ciencias Administrativas y, además, tiene una maestría en Gerencia, con especialización en Comercio Internacional. Estaba entre la pléyade del programa Erasmus. Y es lo más alejado posible a la imagen de "Betty La Fea". Antes bien, de haberlo querido, bien hubiera podido hacer una fulgurante trayectoria como modelo. Pero ella no está en lo absoluto interesada en una profesión frente a los focos y las lentes. Lo de ella es el mundo de los negocios y nadie, entiéndase bien, nadie va a impedir que ella llegue tan alto como ya algunos pronostican. Mucho se cuida de lucir fina, seria. De vestir clásico, tiene buenos modos en el trato y siempre está en control. Vive sola en un piso en Madrid y evita en lo posible la vida social de los chulines que acaparan las portadas de las revistas del corazón.

Sistemas de Monterrey C.A. la contrató por intermediación del mejor "Head Hunter" de España. Sus credenciales brillaron entre todos los candidatos que se presentaron. La entrevista con Andrés había sido por Zoom. Y al terminar a él no le había quedado ni la más pequeña duda de que Aurora era la indicada para iniciar las operaciones en Madrid, con miras a expandirse a otras urbes españolas y a otros países europeos. "GeConad" ya era por mucho el mejor sistema en el mundo para la gestión, administración y control de servicios de ciudades. Había sido desarrollado por la naciente empresa en alianza con el Tec de Monterrey, uno de los más destacados centros educativos del planeta.

Aurora llegó al centro de emergencias con ya todo organizado. Con mucha calma le informó a Andrés que el chofer estaba fuera de peligro, pero había pasado a hospitalización con una hemorragia interna que ya estaba controlada. Sería trasladado a una clínica en cuanto los médicos lo permitieran. Por los gastos, a no preocuparse, "que el seguro cubrirá todo". Le entregó a Andrés el maletín, pidiéndole que revisara si todo estaba en orden. Le informó que afuera lo esperaba un chofer, que lo llevaría al hotel y luego quedaría a su disposición. Ya había sido advertido el gerente del hotel de su llegada y lo esperarían para cualquier atención especial que requiriera. Por el señor Juan no debía preocuparse. Ella permanecería en el centro de urgencias hasta que fuera definido si podía ser trasladado a la clínica o si debía permanecer allí por algunas horas. En "llamada rápida" tenía el número del servicio de ambulancia que se encargaría del traslado. Andrés no debe angustiarse. Ya ella se ha comunicado con la familia de Juan, el chofer, y están al tanto de todas las gestiones. Le acercó una bolsa con un abrigo nuevo.

"Pensé que podrías necesitarlo". Hasta en la talla Aurora había sido exacta.

Quejica

Tanto y tanto se quejó Antonio que los de Protección Civil le conminaron a retirarse del lugar y a aceptar que lo llevaran a un hotel, donde permanecerá un par de días, hasta que pudieran localizar su valija. Los costos del hospedaje y comidas por ese par de días correrían por cuenta de la ciudad. Haciendo morisquetas de disgusto, aceptó, mientras por dentro festejaba el haber sacado buen provecho a la situación. Total, en esa valija no venía nada irremplazable. La ciudad, además, le asignó 900 euros para la compra de ropa y artículos de cuidado personal. El accedió de mala gana. Genial. Sus primeros días de vida en Madrid no correrían por cuenta de su bolsillo. Antes de irse, se aseguró de obtener los datos del mexicano y, sobre todo, de la preciosa Aurora. También tomó nota de los nombres y contactos del venezolano y el colombiano. Los había escuchado comentar que tenían familia y negocios en Madrid.

Lo primero que hizo al llegar al hotel fue hacerse unas cuantas selfis y algunos videítos en el balcón de la habitación, mandarlos a Ari y montarlos a la velocidad del rayo en Instagram, Facebook, Twitter y TikTok. Que lo vieran, así, superviviente y exitoso. Se aseguró de mostrar su mejor perfil. Que se mueran de envidia los hinchapelotas que tanta boludez dijeron cuando supieron que se mudaba a Madrid. Al recontra concha de su madre del vecino, ese pelotudo que le apostó que en meses estaría de vuelta con la cola mojada, a ese le mando directo un video especial. Que se vaya allá mismo, a la puta que lo parió.

Felipe

A Felipe le volvió el alma al cuerpo cuando vio al primo Fernán entrar en la sala. Un brazo escayolado y algunas suturas en la frente. Pero estaba bien. Juntos salieron del lugar y Protección Civil los llevó al número 7 de la calle Abada, al hotel donde haría artes de cocinero. En el accidente sus manos no habían sufrido. El corte en la frente no pasaría de ser un mal recuerdo de su primer día en Madrid, una cicatriz para no olvidar que la vida siempre tiene derecho a trampas.

La casa de los abuelos

Con la camisa ensangrentada, Beltrán bajó de un taxi frente al portal de entrada del mercado de San Miguel. Respira fuerte y entra. Se pierde entre las tiendas. Sintió que caminaba por adoquines de recuerdos. Como ponerse esa camisa que tanto nos gusta, aunque acumule remiendos. Allí estaba el pasado de su abuelo. Allí, quizás, lograría hallar las respuestas a tantas preguntas. El mercado había sido remodelado años antes. Pero a pesar de los nuevos ladrillos, de la modernización de los puestos, de las caras jóvenes, el mercado era tal cual lo había leído en las narraciones del "A qué sabe un te quiero". Ahí, en esas esquinas, entre chorizos y butifarras, entre quesos y verduras, entre pescados y carnes de animales de dos y cuatro patas, pudo sentir al fin el olor que le dio pistas de hacia dónde debía encaminar sus pasos de inmigrante.

Cuando despertó, Andrés no sabía bien dónde estaba. La mullida cama le daba señales claras de haber dormido por muchas horas. El cuerpo adolorido le recordó el accidente. Estiró la mano y tomó el móvil. Varios mensajes. Los escuchó. De Monterrey. Familia, amigos y compañeros de trabajo querían saber si estaba bien. Un mensaje de Aurora. Amable, pero sin sobrepasarse. Muy profesional. El chofer Juan ya había sido trasladado a una clínica y se recuperaba sin mayores novedades. Otro mensaje. El argentino. Le anunciaba en qué hotel estaba y que aún no habían dado con su valija. Mensaje 7: el colombiano. De voz suave. Le agradece su gentileza al haberle prestado el móvil. Quería retribuir el gesto. Le decía que en cualquier momento le invitaba a comer o cenar en el restaurante que ahora gestiona. "Comida de casa". Último mensaje, del venezolano. También agradeciendo. "Aún no sé dónde me quedaré. En cuanto lo sepa, te aviso. Quizás podamos tomar un café algún día, cuando tengas un momento libre. Y, de nuevo, mil gracias por tu generosidad."

Andrés se asoma al balcón y ve Madrid. Entiende que no está en su casa. España no es su casa, es la casa del abuelo.

La primavera

"Nadie soporta a las personas que tienen sus mismos defectos."
-Oscar Wilde

Entre libros

Pasado el invierno, al fin ha llegado la primavera. Con ella a los madrileños les ha vuelto el alma al cuerpo y se les han ido esfumando de los rostros los enconos y los gestos de malas pulgas. Comprensible. Madrid es especialmente cautivante en primavera. Hay algo en los colores de los árboles y las flores. Tal vez la brisa que deja de lanzar puñaladas. Es el regreso a las terrazas y el guardar en el armario las ropas oscuras y sacar las de tonos vivos. Son las plazas donde los niños juegan a las canicas y los mayores a la petanca.

En la librería en Las Letras donde Beltrán comenzó a trabajar a los pocos días de llegar a Madrid, es día de recibir cajas de las editoriales. Porque eso también se renueva cuando al fin termina el invierno. Es el estreno de letras, de las buenas y también de las que nada aportan al portafolio de pensamientos. En la trastienda, Beltrán toma una caja, la pone sobre una mesa, la abre y va sacando los libros. Con mucho cuidado, uno a uno los va clasificando y marcando. Los apila en un largo mesón y toma unos ejemplares para la vitrina.

-Don Pascual, ¿en cuál estante pongo los libros de autoayuda?

-¡Uj, hombre! Déjalos por ahí, que ya veremos dónde ponerlos para que no ensucien. Son la nueva peste. Un homenaje a la estupidez humana. Pero se venden como churros, y más después de la pandemia... Antes, en los noventa, esto mismo pasó con los libros de horóscopos y los de metafísica y meditación trascendental. Hoy son estos insultos a la inteligencia que son los de autoayuda y los de autobiografías de famosos que ni siquiera los escriben ellos mismos. Conozco muy buenos escritores que sobreviven a punta de rendirse ante la necesidad de poner comida sobre la mesa. Y se desgastan el cerebro haciéndole ese relato a cuanto famoso hay que decide contar su historia dramatizada. Lo del mundo con los famosos no es admiración, es idolatría.

-Sí, desgraciadamente se venden mucho. Da lástima ver obras magníficas de antes y de ahora que la gente no quiere leer. En Venezuela es igual.

-¡Es una enfermedad planetaria! Es la sociedad del tener, del no pensar.

Cargando con varios ejemplares se va a la vidriera. Uno a uno va poniendo los más interesantes en los pequeños atriles. Mientras lo hace, se fija en que por la acera de enfrente pasa esa muchacha que la semana anterior había visto mientras tomaba café en el bar de la esquina. No está sola. Camina con amigas que parecen ser cercanas. Sus miradas se cruzan. Las compañeras le dan codazos y ríen. El sonríe. Ella, también. Ah, si tan sólo se armase de valor...

"Cuando vengas a Madrid, chulona mía..."

(457) Enrique Iglesias - SUBEME LA RADIO (Official Video) ft. Descemer Bueno, Zion & Lennox – YouTube

En el piso de 36m2 que ha alquilado en Lavapiés, el barrio tan denostado en pasado y tan de moda ahora, Antonio despierta. A su lado, una mujer desnuda. Se levanta de aquella cama de sábanas revueltas. Se lleva la mano a la cabeza. Entra al baño y se mete bajo la regadera. Se seca, se anuda la toalla en la cintura. Se ve en el espejo. Se peina con gran mimo. Sale a la salita. Todo es un desmadre. Botellas, vasos, cojines regados por el piso. Ve el reloj. 9 de la mañana. En un tazón de I Love Madrid se calienta un café del día anterior en el micro. De un buche se traga dos aspirinas. Vuelve al cuarto, busca la ropa y se viste. La mujer despierta, se estira en la cama, se levanta y comienza a vestirse. Con el bolso en la mano, se acerca a Antonio, le da un beso, le dice que en la tarde la llame. Y se va. Antonio piensa para sus adentros: "¿Llamarla? Y, si ni siquiera sé cómo se llama esta mina".

Toma las llaves, el móvil y la campera y sale. Baja por la escalera del edificio. Se cruza con una señora que penosamente carga con una bolsa de compra. Y pasa de largo.

En la calle, se cierra la campera, se calza los Ray-Ban Aviator y se ve en la vidriera de una tienda. Una pinturita. Así se siente. Camina hasta la esquina. Un niño se le acerca y le pide limosna. Lo mira como gallina que mira sal. Se monta en un taxi. "A los estudios de TVE, Pozuelos de Alarcón". Sin "por favor". El taxista arranca y sube la radio a todo volumen. Enrique Iglesias es una buena compañía.

Se fija en la decoración del taxi. Estampitas de vírgenes desconocidas y de varios orichás. Se toca la medallita que lleva en el cuello, la de la virgen de Luján. Revisa el móvil. Tiene una cita en producción, a las 10:00. Y su reloj marca las 9:55. Busca entre los mensajes. Y ve uno de Ari. Del día anterior. Le dice que está ocupada y que cuando tenga tiempo lo llama. "No llegues con altanerías a TVE".

Ah, Ari. Lleva ya más de un mes de gira en España. Se ha convertido en la bailarina favorita del productor de los conciertos de Nicky Jam. A nadie le dijo -porque para qué- que está graduada en Artes Escénicas en la escuela de Artes de la Universidad Central de Venezuela. Mejor que sólo se fijen en cómo baila.

Antonio se baja del taxi. Se mese los cabellos y camina hacia recepción. Es la viva imagen "que tienen los guapos al caminar". Un reloj en la pared marca las 10:35. El retraso de 35 minutos no les importará cuando hablen con él.

Canturrea eso que tantas veces le oyó al abuelo cuando ordenaba cajas en la ferretería: "Hoy puede ser un gran día, duro con él..."

Pelayo

Por allá por 1805, el poeta español Manuel José Quintana y Lorenzo publicó "Pelayo", una tragedia en cinco actos en la que el autor narra la historia del héroe. En esa obra, con sólo nueve personajes, se desgrana el conflicto musulmán y cristiano en tiempos del medioevo, personificando en don Pelayo y en Munuza, gobernador musulmán del norte de la península, las razones de cada cual para el enfrentamiento.

A sus 29 años, con su cabello negro ensortijado, su tez mediterránea y su mirada de sinceridad, Pelayo recuerda a los caballeros andantes de las novelas de caballería. Nació y se crió en Altea, en Alicante, frente al mar. Su padre, Alterio Ballesteros, había pasado los primeros años de su niñez en Madrid, en el Mercado de San Miguel, donde sus padres atendían en un puesto de leche y quesos. Era el menor de dos hermanos y estaba aún pequeño cuando la familia recogió sus bártulos y padre, madre y los dos hijos se mudaron a Altea, en Alicante. Allí el abuelo Juan cambió de oficio y se hizo topógrafo. Y pasó el resto de su vida con el ojo engomado a la mirilla de un teodolito. La abuela, Elisa Eugenia, murió repentinamente y el abuelo quedó solo, con la responsabilidad de criar a aquellos dos pequeñajos. El mayor, Francisco, creció y se hizo marinero. Alterio, el menor, siguió los pasos del padre y se hizo topógrafo. Cuando se hizo hombre, se enamoró perdidamente de Juana, una bella moza alicantina, que tenía manos prodigiosas y cosía como diosa. Pero era una mujer que se dejaba fantasear. Una vez en su juventud, Juana vio una puesta en escena de "Pelayo". Y se enamoró de aquel caballero y su leyenda épica. Cuando dio a luz, no dudó. Su hermoso hijo fue bautizado con el nombre Pelayo.

Cuando Pelayo terminó sus estudios en el instituto, no era cuestión de cortarle las alas. Así, una mañana la madre lo despidió a lágrima viva cuando tomó el autobús a Valencia. Estudiaría Ciencia de Datos en la Universitat Politècnica de València. Allí se graduó y pasó algún tiempo buscando trabajo. Una entrevista, otra y otra. Hasta que recibió una llamada de una empresa nueva. Lo necesitaban para la oficina de Barcelona. A la semana volaba a México, para tres meses de entrenamiento en Sistemas de Monterrey. Era la primera vez que viajaba fuera de Europa y su primera vez en aquello de pisar lo que en los libros de historia llamaban el nuevo mundo. De aquello ya habían transcurrido tres años.

Rabia y culpa

Andrés abrió la puerta de su piso en Salamanca; perfecto, moderno, impecable y sin un solo adorno que refleje vida. Se ha asegurado que aquello no sea un hogar. Se quita el sobretodo y lo tira en el canapé. En un vaso de cristal Orrefors se sirve un trago de la botella de tequila. Y enciende el televisor. Estuvo bien la reunión en Barcelona. Pelayo se lució. El muchacho es inteligente, competente, responsable. Tiene presente y futuro.

Barcelona es la segunda ciudad con la que han firmado contrato. No ha sido fácil trabajar con los catalanes. Desconfían de todo y de todos. La semana siguiente irán a Málaga. Ya tienen carta de intención, así que sólo falta cerrar el trato. Con los gallegos de Vigo, la cosa ha corrido sin tropiezos. Antes de que termine el año, el negocio contabilizará cinco ciudades de España. Madrid, Barcelona, Málaga, Vigo y

Sevilla. Y al año siguiente, cruzarán la frontera a Francia. Ha valido la pena todo el trabajo y la alianza con el Tec de Monterrey. Tardaron en entender los vericuetos de la burocracia europea. Pero una vez domado el caballo, el jinete puede galopar.

Mira el reloj. Pasadas las 5 de la tarde. Puede tomarse libre el resto del día. El trabajo es la única droga que le sirve para domesticar la rabia. Con la culpa, ah, con esa nada hay que funcione. Sólo anestesiarla con alcohol y con lejanía. Por fortuna, de trabajo, distancia y alcohol, tiene en abundancia.

Se echa en el sofá. En la televisión busca el feature de fotos. Se ve con Ana Luisa. Fotos de ellos dos, en muchas partes, sonriendo. Y videos. Los dos caminando por San Miguel de Allende. Ella, lanzándole besos. Escenas de la pedida de mano. Echa la cabeza hacia atrás y cierra los ojos. Ve el regreso en coche a Monterrey. Revive el choque, en cámara lenta. Se ve a sí mismo recobrando la conciencia y a ella sangrante. El, desesperado, tratando de reanimarla.

Se levanta y se sirve otro trago. Dos horas más tarde, cae desfallecido en el sofá. En la mesa, la botella vacía de Diamante reposado da cuenta de la batalla contra la culpa. Y ganó la culpa.

El rastro en El Rastro

Beltrán camina entre los tenderetes de El Rastro. Llega a uno con libros viejos. Toma uno, muy estropeado, de fotografías del Mercado de San Miguel. Con calma, va pasando las páginas. Lo compra. Sale del mercado. Camina entre la gente. Hay turistas asiáticos que siguen a guías con cartelito. Se sienta en la terraza de un bar. Viene un mozo y le pide un café. Se pone los audífonos y escucha.

Camilo - Solamente Tú (Video cover Full) - Bing video

Cada semana su hermano Agustín le manda una canción y una carta grabada. Es una suerte de ritual de domingo. Cierra los ojos y escucha. "Hola, pana. Por aquí todo bien. Echándole bola, como siempre. Los viejos te extrañan mucho. Pero bueno, yo les digo que dejen el lloriqueo, que tú estás bien y que yo sé que vas a regresar. Ah, tengo que contarte que tengo novia. Y esta vez es en serio. Te mando una foto. Se llama Marianela. Mira, hermano, diviértete de vez en cuando, que no todo puede ser letras en tu vida. Y cuéntame de la chama que me dijiste que te gusta. Un abrazo".

Llega Almudena y con desenfado y espléndida sonrisa se sienta en la silla justo enfrente, en la misma mesa. El levanta la vista y la ve. Hablan. Ella habla mucho; él, poco. Ella mira su reloj, se pone de pie. Ah, si ella no hubiera tomado la delantera y lo hubiera abordado aquella mañana en el bar cerca de la librería, no estarían allí. Él nunca se hubiera atrevido. Defecto de fábrica, diría su papá. "Así era tu abuelo, así soy yo, así eres tú. Tu hermano Agustín salió a tu mama, gracias a Dios".

"Ven, que te tengo una sorpresa", le toma de la mano y lo lleva en volandas a la estación del metro. Beltrán se ha ido acostumbrando a las pasiones andaluzas de Almudena.

En el vagón, pasan varias estaciones, sin hablarse. Sólo miradas de caramelo entre ellos. Cuando llegan a la estación, lo toma del brazo y tira de él. Suben a la superficie y caminan hasta una callecita donde tocan a una puerta. Entran al backstage de un teatro. Ella le hace señas de que guarde silencio. Bajan por la escalerilla y se sientan en butacas en cuarta fila. Es un ensayo. Se apagan las luces. El director pide silencio. "El Percha" y "La Manola" ensayan un baile flamenco sobre una pieza de Piazzola. Raro melange.

https://youtu.be/MlMVagn-ZJw

Una hora más tarde, terminado el ensayo, están en la calle.

-¿Te ha gustado? - Le preguntó ella.

-No sólo me encantó, me sorprendió. Son fantásticos. Cuando escuché Piazzola creí que bailarían tango. Pero, no. Maravilloso.

-Ufa, me tengo que ir -dice Almudena

-Se me hace tarde. Tengo ensayo.

-¿Domingo? ¿Ensayo?

-Cualquier día que se pueda es bueno.

La vio correr y trepar en el autobús. La saludó con la mano. Ella le mandó un beso. Él sonríe y camina calle abajo y desaparece en la escalera que baja al metro. Almudena está en el elenco de "La del manojo de rosas". No tiene el papel de Ascensión, pero el solo estar en el escenario, ya vale mucho. Beltrán no sabe qué vio esa chica, que es un cascabel, en alguien tan taciturno como él.

Nunca más seremos los mismos

Felipe da vueltas en la cama. Se levanta, ve por la ventana. Aún está oscuro, pero es la penumbra de cuando está próximo el amanecer. Escucha gatos romanceando con maullidos que parecen boleros de amor y desamor. Algunos borrachos prisioneros de la noche hablan como si alguien los escuchara. El motor del camión que recoge la basura desentona en medio de aquel concierto. Se levanta. No ha dormido más de cuatro horas. Pero ya ha aceptado que el insomnio es el dueño y señor. No tiene caso luchar contra él o siquiera creer que podría reconciliar el sueño.

Se pone un chándal y baja a la cocina. Es fácil. Total, vive en una magnífica buhardilla del hotel, perfectamente acondicionada como habitación. Corta un pan, dos rodajas, les restriega ajo, tomate y aceite de oliva. Las pone en la plancha para tostar. Las voltea y ahí están las marcas de la plancha y el color tostado. Pica finas lonjas de jabugo. Y hierbas. Se hace un bocadillo con esto y se sirve una taza del café recién hecho, del paquete que cada mes le manda Oscar Alonso Molina desde Antioquia. Lo ha colado a la usanza paisa, en media. El buen café es aroma y gusto. Es arte y trabajo. Es paciencia sin tentaciones de prisa. Sube a la azotea. Abrigado. No hay que confiarse de los chifletes.

La ciudad no está en calma. La verdad, nunca lo está. Dicen los cronistas que Madrid siempre ha sido una ciudad de revueltas. Y de revueltos. Desde siempre fue el centro de gente que llegaba de otras partes del Reino y de más allá de las fronteras. Y allí, en Madrid, se revolvían unos y otros. No siempre fue capital del Reino. Volverla tal fue decisión de Felipe II, en 1561. Para entonces la ciudad hospedaba a unas veinte mil almas. El rey la había escogido para sede de su corte por ser encuentro de rutas de comercio. Además, Madrid tenía universidad. Y aquello para un hombre culto como Felipe, hijo de Carlos y bisnieto de Isabel y Fernando, tan interesado en las artes como en el conocimiento y las ciencias, era razón de suficiente ánimo y peso para elegir a la villa como sede de su trono. Madrid le ofrecía grandes bosques, buenos para la caza, un clima soportable y buenos aires. A sus consejeros que le animaron a elegir otra ciudad, les dijo que Madrid estaba muy cerca de El Escorial, "donde he de pasar largas temporadas".

Ah, El Escorial. Bastó aquel argumento para que los presumidos nobles dejaran de resistirse a la idea y ofrecieran aplausos. Que, al fin y al cabo, el magno Escorial estaba entre los mejores palacios de la Europa de aquellos tiempos. Un noble que vivía una temporada en El Escorial ascendía de categoría entre la nobleza de las Europas.

Ah, curioso, Madrid es tal vez la única ciudad europea de origen y nombre árabes. "Mayrit", así la llamó el rey Muhammad I, porque es "esa que es fuente de agua". El emir cordobés, en algún momento entre el 860 y el

880, hizo construir una muralla, para defender la Almudaina de Mayrit, allí donde hoy está el Palacio Real. Cuenta la historia que ese nombre se debe a su infraestructura diseñada para drenar el exceso de lluvia. En una de sus conversaciones con don Paqui, Felipe le escuchó decir que Jerónimo de Quintana escribió: "fortíssima de cal y canto y argamasa, leuantada y gruessa, de doze pies en ancho, con grandes cubos, torres, barbacanas y fosos". Aquella muralla tenía como cometido custodiar el sendero fluvial del Manzanares, que conectaba la Sierra de Guadarrama con Toledo, amenazada por los incesantes ataques de los cristianos del norte. Mayrit se regía como lugar de estación de los musulmanes dedicados a la piedad y la guerra santa.

El recinto amurallado de Mayrit hacía las veces de un entramado de defensa, que se extendía por diferentes puntos de la Comunidad. Entre ellos, el de Talamanca de Jarama, el de Qal'-at'-Abd-Al-Salam, hoy Alcalá de Henares, y el de Qal'-at-Jalifa, la Villaviciosa de Odón. Mayrit no era una gran entidad. Pero en el siglo X, el califa de Córdoba Abd al Rahmman III, ante los avances del rey cristiano Ramiro II de León, hizo reforzar la muralla. En 977, Almanzor eligió la fortaleza de Mayrit para desde allí iniciar su campaña militar. Cuando en el siglo XI finalmente ocurrió la conquista de Mayrit, la muralla fue ampliada y pasó a ser la muralla cristiana de Madrid.

En el móvil, Felipe ve un mensaje de voz. Se pone los audífonos. Es la voz del viejo, no del padre, del abuelo. Ah, esa voz con acento de España, pero con dejos paisas y modismos antioqueños, le da consejos de cómo ser un inmigrante. Él lo fue y sabe bien lo difícil que es. Le da luces. "Tienes que saber de historia, y poner esa historia en los platos. Pon lo que se cocina en América y en España, comida con historia, con aroma y sabor, comida con sentimiento, comida de hogar". Bien lo entiende Felipe. Que así fue en su casa. Es su empeño hacer que su restaurante sea un homenaje a la hispanidad, que en cada platillo se entienda que no hay España sin América, ni América sin España. "Sé paciente y amable. No hieras sentimientos", le decía el abuelo. Su abuela, católica de diario rezar, repetía: "Hemos de amarnos los unos a los otros, en los platos y con los sabores". Ah, la abuela, siempre tan sabia. Razón le abundaba al abuelo:

-Quizás en uno de los asuntos en los que está clara la unión indivisible de España y América es en lo que se cuece en los fuegos y se pone sobre las mesas. Nadie puede concebir la cocina española sin tomate o sin papa. Ambos son americanos, tanto como lo son el ají, el maíz, el aguacate, el chocolate y tantos otros alimentos.

Amanece lentamente en esa primavera en Madrid. Los gorriones vuelan. Desde siempre han sido los verdaderos dueños de la ciudad. Felipe ve su reloj. Se le hace tarde para llegar al mercado. Hoy es día de buen pescado y marisco provenientes de las lonjas cántabras y gallegas. En su restaurante todo ha de ser fresco. Que lo latino no se interprete como que viene de una lata.

Todo llega a su tiempo
"El tiempo no es sino la corriente en la que estoy pescando."
– Henry David Thoreau

Visa de trabajo

Es ya su segunda gira en España. Ari se ha convertido en la bailarina predilecta de Nicky Jam. Hasta hay una canción en el repertorio del concierto en la que sólo ella baila. Se ha ganado a pulso su fama de super profesional. Y tiene una visa de trabajo estampada en su pasaporte. Por seis meses, renovable.

En el primer viaje vio a Antonio. Lo encontró guapo, como siempre, pero ya no le despertaba ni el más pequeño interés. Ya no le atraía ni físicamente. Lo veía convertido en un disfraz de sifrinito, un patiquín más paseándose por los bares de Madrid, comiéndose y bebiéndose la herencia del abuelo, cotorreándose como galán sin galones a cuanto tonto le quiera oír. Inventando historias para llenar las redes. Un bolsa pues, del moño a la zapatilla. En ese viaje la invitó a una cena en el restaurante de Felipe. Ya sabía de memoria todos los detalles del cuento del accidente. Por no dejar, porque no tenía nada importante que hacer, aceptó. Hay días en los que la agenda es de puro relleno. Lo peor que podía pasar sería

75

un par de horas de aburrimiento. Así que decidió ir.

Lo que Ari no sabía era que de los cuatro -bien que Antonio se lo había ocultado- el único que se había quedado en el aparato era él, dedicado al oficio de boludear. En cambio, Felipe, Andrés y Beltrán, cada uno en lo suyo, estaban concentrados en no permitir que sus vidas se convirtieran en cobijas con huecos. En esa cena también había conocido a Aurora. Le sorprendió aquella mujer tan inteligente, tan bien puesta. Y en Almudena vio el tesón y el inconformismo que requiere el oficio de las tablas.

Igual, cuando al final de la gira regresó a Buenos Aires, porque algo de lástima le inspiraba el fantoche engreimiento de Antonio, pensó en mover algunos contactos en Madrid para conseguirle una cita en el departamento de producción de TVE. Y así lo hizo.

Aprende, idiota

Al leer la palabra "idiota", nadie debe darse por único aludido, que el idiota va por delante. Todos los seres humanos tienen derecho a una torpeza al día. En cualquier asunto, sobre cualquier tema, y en cualquiera de las 24 horas. Es -casi- un derecho constitucional, o religioso, o tal vez otorgado por el mismísimo cosmos, como menos o más disguste.

La segunda torpeza, que suele ocurrir por descuido, por no estar atento, conduce por un camino cierto y sin estaciones a la idiotez. Es como con las borracheras, la primera puede ser producto de un simple pasarse de tragos porque "no me di cuenta", o porque fulano me sirvió esa "última copa", o "me rellenaron el vaso cuando miraba para otro lado", o "fue una noche loca". La segunda borrachera no tiene coartada.

Antonio llegó tarde, por segunda vez, a la cita en el departamento de producción de TVE que Ari le había palabreado. Y, por supuesto, nadie le compró la excusa del taxi que se accidentó a la mitad del camino. Cuando la viveza de algunos latinoamericanos quiere lucirse, la sagacidad de los madrileños les responde con un "cuando tú vas, yo vengo". Lo ladino no es sólo herencia indígena; los españoles nos llevan una morena, tienen escarapelas en la materia.

Cuando por un mensaje de un amigo de la televisora Ari se enteró de aquello, a Antonio se lo comió vivo, lo masticó y escupió sus huesos. "No eres un tipo piola, como crees. Chamo, tú eres un idiota, a la ene potencia." Le colgó, sin siquiera decir adiós, y por meses no le atendió ni una sola de sus llamadas. Tampoco respondió a sus muchos WhatsApp. Para ella, con idiotas, ni a misa, porque se arrodillan cuando no toca.

Ari estaba en Madrid, comenzando la nueva gira de Nicky Jam. Dos conciertos allí y luego uno en Málaga. Allí participará en la audición para el nuevo musical de Antonio Banderas. Es su sueño dorado. Tenía un par de días libres, así que llamó a Almudena para saludarla.

-Ari, tienes que ir está noche al restaurante de Felipe. Voy a cantar.

- Es que no quiero encontrarme con Antonio.

-Pero, ¿qué dices, mujer? Él no va a estar.

Siendo las cosas así, aceptó. Le daría gusto ver a estos "buenagente". Unos minutos más tarde recibió un Whatsapp de Antonio. "Hola querida, sé que andás por Madrid. Empecé a laburar en Antena3. ¿Me perdonás? ¿Me dejás que te explique? ¿Me aceptás un café? ¿Hoy? (Mañana tengo trabajo de exteriores). Beso."

Ari se tomó su tiempo en responder aquel mensaje cargado de verbos con acentuación como palabras agudas. "Hoy. 7 pm. En el café en Las Letras. Si llegas tarde, si tan sólo llegas un minuto tarde, me voy. Chao."

Chao. Con "ch" y "o", a la venezolana. No el chau de los argentinos, o el ciao de los puristas que creen que si lo escriben o dicen en italiano del Veneto van a lucir más elegantes y cosmopolitas. Que ese "ciao" tomó rumbos insólitos y arribó al alemán como tschau, al checo y al eslovaco como čaU, al francés como tchao, al húngaro como csáo, al portugués como tchau o chau, al lituano como čiau. Todas las versiones válidas. Que el lenguaje de calle camina sin visa.

La tarde estaba clara y fría. El invierno no había llegado, pero estaba ya a la vuelta de la esquina y vaya si se auguraba hosco. Cuando Ari llegó al café ahí en Las Letras vio a Antonio sentado en una mesa, leyendo en su teléfono. Desde una mesa cercana, unas chicas lo miraban y cuchicheaban. Tontas, como todas las mujeres frente a un tipo buenmozo. "Todas caemos como pendejas, como si esa belleza fuera garantía de que un hombre sirve para algo porque está más bueno que tostada con mantequilla", pensó Ari.

-No tengo mucho tiempo- le dijo sin mediar saludo. Las venezolanas cuando se irritan son parcas y borran del lenguaje las gentilezas.

-¡Linda! ¿Cómo andás? -dijo Antonio levantándose de la mesa y arrimando la silla, en un alarde de buenos modales.

-Ajá, ¿qué pasó? -le respondió con el tan venzolano "ajá", rehuyendo el beso que Antonio pretendía darle. De todos los latinoamericanos, sólo los argentinos son aún más besuqueadores de oficio que los venezolanos.

-Querida, estoy laburando en Antena3, en producción... Y estoy permanente, nada de temporal.

-Pues muy bueno. Me alegro. Espera que no la cagues.

-Te juro que no, imposible. Mañana salimos a Segovia, a grabar unos exteriores. Es una serie y...

Lo interrumpió en lo que iba camino a convertirse en un capítulo más de la autobiografía de Antonio. Las venezolanas son tolerantes a la pedantería, hasta cierto punto. Pasada esa frontera, de pacientes y afables se convierten en lapidarias.

-No me des detalles. No me interesan en lo absoluto tus historietas de cómo el macho Antonio sale intacto de los derrapes. Me ladillan tus bolserías...

-Pero, mi amor, vengo a pedirte una segunda oportunidad.

-No. Ni que fueras la última Pepsicola del desierto. Qué va. Ni hablar.

Apuró el café y se levantó. Antonio la vio caminar calle arriba. No se volteó a verlo, como está escrito en un sinfín de novelas melosas del romanticismo. No hubo la escena linda de despedida, ni el beso apasionado con la mujer de puntillas con pie levantado, como en las películas de la edad de oro de Hollywood.

"Soy un reverendo idiota", pensó mientras pagaba a la camarera que lo miraba con vanas esperanzas de conquista.

Entender

En la librería, Beltrán acomoda libros en los estantes. Se fija en uno en particular, de lomo grueso gastado.

-Ah, ese no se vende. Para mí es un incunable. En él vive el duende de esta librería. Pero, te recomiendo que lo leas.

En las librerías del mundo, al menos en las buenas, habitan duendes. Eso bien que lo saben los libreros, los escritores y los lectores. Los duendes buenos cuidan los libros. Los defienden de otros duendes invasores, que se alimentan de papel y tinta.

Con la librería en ese momento sin clientes para atender, don Pascual hace lo que mejor sabe hacer. Le narra lo que fue su infancia. Resultaba extraordinario escucharlo.

-Don Pascual, sepa usted que mi abuelo era mudo. Pero escribía todo y hablaba con fotos - le apunta Beltrán.

-Yo conocí a tu abuelo. Mucho. Trabajaba en el mercado de San Miguel, como yo. De niños ambos fuimos recaderos. Cuando nos hicimos mayores, él tuvo que irse a escondidas una noche para huir de la mili, que era obligatoria. Yo me salvé por mi cojera. Uno de los verduleros lo sacó y en su carromato lo llevaron fuera de la ciudad y de allí no sé cómo consiguieron montarlo en un barco. Era muy buena persona. Ya era mudo cuando con la madre y la abuela llegaron a San Miguel. Ah, las tragedias de la guerra. ¿Sabes que las guerras no se acaban cuando se acaban? Las guerras tienen vida propia. Y no terminan por un edicto. Anda, chaval, lee ese libro. Habrás de entender muchas cosas.

La conversación fue interrumpida por el ring del móvil de Beltrán. En el identificador en la pantalla se ve "Felipe". Atiende. "Amigo, véngase esta noche al restaurante. Es una cena especial. A las 9. No me llegue tarde, por favor".

Tira del hilo

En los cuadernos del abuelo había un nombre que se repetía: "F. Ballesteros". En la narración de su infancia en el Mercado de San

Miguel, el abuelo describe oficios y acontecimientos. Y sobre ese F. Ballesteros dice que era hijo de unos que los trataron muy bien cuando llegaron y los favorecieron dándoles cada día leche y quesos. Los Ballesteros eran cuatro: padre, madre y dos hijos. F. Ballesteros era el mayor y era un chaval travieso que se agenciaba algunas pesetas como lustrabotas en la estación de tren y en La Gran Vía. El negocio era particularmente bueno cuando llovía.

El abuelo refería que el menor de los Ballesteros, de nombre Alterio, era apenas un niño de pecho cuando a él lo tuvieron que sacar a escondidas del mercado aquella noche y terminó en un barco rumbo a las Américas.

Beltrán habría de llevarse la mayor sorpresa cuando la vida, la indomable vida, lo pondría frente a frente con Pelayo Ballesteros, a la sazón hijo de Alterio Ballesteros y sobrino de F. Ballesteros. La vida es un hilo. Sólo hay que tirar de él.

Aquella nochecita en Madrid

La estación Callao tiene historia, una que pocos nuevos madrileños conocen. En sus andenes y rieles hay narraciones escritas con tinta de alegría y también de sinsabores. No es raro que en cualquier ciudad del mundo haya plazas, parques, avenidas, calles, puertos, aeropuertos, estaciones de metro y de tren con nombres que rememoran batallas. Parece que todos necesitamos jugar al héroe. La plaza Callao en Madrid rememora el Combate del Callao, en 1866, durante la guerra hispano-sudamericana. Esa batalla que España reivindica como un triunfo es conmemorada en Madrid con plaza, estación de tren y metro. En el Perú aquel combate es festejado como un tanto a su favor. Y hay, claro está, fecha marcada con esplendor heroico en el calendario. Ah, que la misma moneda tiene dos cartas. Decía Sorolla, que con el mismo pincel se puede llenar un lienzo de blancos o de negros, o de colores. Lo que ponga sobre ese lienzo será decisión del pintor. En lo del Combate de Callao los historiadores no se ponen de acuerdo. Alguno advierte que lo ganaron los dos, o que ambos perdieron.

A esas horas, pasadas las nueve de la noche, la estación de metro Callao es un hervidero de gente. Y en la superficie, a la congestión de caminantes se suma la de coches y bicicletas. El centro de Madrid no tiene hora pico, y menos cuando El Corte Inglés está de ofertas especiales. Como puede, Beltrán logra superar el atasco de los peatones y de las terrazas de los cafés del centro. Una mujer con dos niños pide limosna. Su pobreza ya forma parte del paisaje. Es invisible. Pero no para Beltrán. Le da unas monedas. Camina hasta la calle Adaba, el número 7. Entra al restaurante en el que, para bien, no cabe ya ni un alfiler. Felipe lo ve, se acerca y se abrazan, a lo latino

-¡Hayiombe! Qué gusto tenerlo por aquí! Venga y lo llevo a la mesa. Ya están Andrés, Aurora y Pelayo. Almudena no tarda. Y también estamos esperando a Ari.

-Lamento llegar tarde. Es que, como siempre, volví a salir del metro por la calle equivocada y caí en una pared de multitudes. Todo el camino estaba hasta los teque teques.

-¿Los teque teques? ¿Qué es eso?

-Teque teques decimos en Venezuela... significa estar hasta el tope.

-Ah, me encantan esas frases de ustedes los venezolanos. Son tan bonitas... Pero venga, pues, que ya está aquí y eso es lo único que importa.

Los hispanohablantes creen que comparten un mismo idioma. Nada que ver. La palabra pendejo tiene ya diez y siete acepciones. En esos países de habla hispana, todos son bilingües. Hablan el español del país del que son oriundos... y manejan con notable destreza el lenguaje de las pendejadas.

Andrés y Beltrán se abrazan. Los une, además de aquel episodio inicial del espantoso choque el día que llegaron a Madrid, un gran respeto y cariño.

Aurora es un monumento a la honradez y el decoro y Beltrán ya la siente como una hermana. Con razón, Felipe muere de amor por ella, aunque no consigue reunir el valor para confesárselo. Ari llegó con cara de mal rato. Nada que no se enfríe con una copa. Luego de haber degustado las exquisiteces que preparó Felipe, las luces se atenúan y comienza a escucharse una música y una voz. Un foco ilumina a la cantante.

https://youtu.be/QLwIVQFd7to

Beltrán se sorprende. La que canta es Almudena. La gente aplaude a rabiar. La segunda pieza es un clásico, que canta a dúo con un joven andaluz, como ella… Mientras canta, camina hacia Beltrán…

Preludio de un beso

https://youtu.be/veE3wASltXk

Cuando el argentino Bernardo Mitnik, más conocido como Chico Novarro, escribió su famosísimo bolero "Algo contigo", quizás no atinó a medir el alcance que tendría como tejedor de parejas. No hay una palabra en esa pieza que sobre, o que falte. Cantando,

Almudena camina entre la gente hasta Beltrán y le canta directo a él. Estira la mano, él se la toma y ella tira de él hasta hacerlo ponerse de pie. Cuando termina el último compás, lo besa en la boca. Y se abrazan. Hasta de lejos se puede notar el sonrojo de Beltrán. La escena fue de película. Como si fuera un film de Elia Kazan, Claude Lelouch o Bertolucci. No se supo si el aplauso de pie fue para la interpretación de aquel bolero, o para aquel apasionado beso de dos incapaces de ocultar lo que sienten. Fue en medio de esa ovación que se escuchó el ruido que en un tris dio al traste con el hechizo.

A gritos y trompicones, a lo bestia, pues, la policía irrumpió en el restaurante. Buscan a unos refugiados a quienes persiguieron en la calle y que, presumen, se escondieron allí. Con las sillas que caen, aquel barullo no hace sino crear confusión.

A los españoles con identificación la policía los dejó ir, sin mayores conjeturas. Algunos extranjeros turistas fueron "retenidos", entre ellos, Ari, a pesar de que su pasaporte exhibía claramente su visa de trabajo. A un par de inmigrantes, unos muchachos que por lo imberbes era obvio que no tenían más de quince o diez y seis años, los encontraron en un baño, los sujetaron y esposaron. Culpables hasta que demuestren lo contrario.

A Felipe, Beltrán y Andrés preventivamente dos funcionarios los interrogaron, y no de los mejores modos. Faltó que les preguntaran qué día y dónde habían hecho la Primera Comunión. Un tercer funcionario se acercó. Otra vez revisión exhaustiva de los DNI. "Pasaporte", les inquiere.

-Mire, oficial, nosotros somos ES-PA-ÑO-LES, y con el DNI basta y sobra- atinó a responderle Andrés ya con escasa paciencia.

Con mal gesto el hombre les dijo que podían marchar.

-Vea, usted, oficial, venga pues, que le explico. Este es mi restaurante. Yo vivo aquí. Y estos son mis amigos- le agregó Felipe, teniendo que refrenarse para no increpar a aquel salvaje.

-Bue... Si usted lo dice.

-Vea pues, sí, así se lo digo y se lo afirmo, porque así es.

Un instante después escuchaba al mismo funcionario cuchichear con su compañero: "Sudacas, sudacas de mierda". Los vio salir por la puerta, como si nada, sin un "perdone usted por los inconvenientes". La policía nacional en Medellín, la policía en

Madrid. Cambia la escena, no el insolente guión. Son de la misma especie.

Medianoche. Felipe dijo a los empleados que podían marchar. Cerró la puerta con llave. Entre los amigos recogieron el reguero de sillas caídas y barrieron los platos rotos. Ah, la rabia, a esa no hay cómo limpiarla.

Madrugada. En la azotea, Felipe mira. La calle recupera la normalidad. Unos hombres con trajes de faena barren las calles. Unos perros callejeros pelean por lo que hay en unas bolsas de basura. Unos indigentes duermen arropados con periódicos. Las "señoritas" de cuerpo en alquiler habitués de la zona regresan de su último servicio. Para ellas ha terminado la jornada laboral. Ese también es el Madrid normal, el que nadie quiere ver, al que tantos le dan la espalda. Los latinoamericanos sueñan con Madrid, Los madrileños sueñan con Londres, París, Nueva York, Chicago, hasta con Miami. En el mundo todos creen que la grama es más verde en otro lado.

Amanece. Para Felipe es día de trabajar. Domingo de turistas en el centro. De almuerzos con tapas y paellas, de flanes y tocinillos, y de descorchar muchas botellas.

Lunes siguiente, Las Letras

Es temprano en aquella fría mañana madrileña. Beltrán entra al bar. Mucha gente.

89

En la barra pide un café y un bocadillo. La pesadumbre se le nota en la mirada, en la curvatura de la espalda, en el silencio que se ha adueñado de su boca. Así lo encontró Almudena.

-¿Sabes que con tu pesar les das la razón?

-Quizás…

-No, chaval, no cabe el quizás, es así.

-Mira, muñeca, nosotros somos españoles. Y blancos. Y, además, cristianos. Y con documentos. Sólo imagina cómo tratan a los inmigrantes que no tienen papeles. Que vienen huyendo de desgracias. Porque esa gente no vino de paseo. Tú los viste. Viste cómo retuvieron a Ari. Su pasaporte tiene visa de trabajo. Poco les importó. Yo sé que en algo tienen razón, que el país no se les puede llenar de indocumentados. Sé que el costo de mantener a tantos refugiados es enorme. Pero así, con esa violencia, no se va a solucionar el problema. El salvajismo no es la respuesta.

-Vale, pues, cariño, arriba ese ánimo, que hoy es lunes. Y todos los lunes se estrena semanario, con nuevas páginas en blanco. Me tengo que ir. Tengo clase y ensayo.

Beltrán apura el café. Ve su móvil. 17 mensajes. Mejor no leerlos. En la librería, masculla un "buenos días" y se pone a trabajar, en silencio. Don Pascual nota que algo le sucede.

-Ea, chaval, ¿cómo te encuentras? ¿Y a qué viene ese ánimo alicaído?

Le narró los hechos.

-¡Qué poca vergüenza! Es la dictadura que llevamos por dentro, todavía. Franco nos inoculó el virus. El poder de los uniformes. Pasan los años y aún no nos libramos de esa infección. Algunos policías siguen viviendo en el siglo pasado, estancados en el pozo del poder. Años de democracia y aún no aprendemos.

-Así es en Venezuela. Y créame, mi don, es una enfermedad terrible.

-Bueno, chaval, a trabajar, que así se alisan las penas. Ah, llegó "Delparaíso", la novela de Juan del Val. Ponla en vitrina. Lejos de los libros de autoayuda.

Andrés, de carácter usualmente ponderado y tan poco dado a la beligerancia, aquella mañana no intenta ocultar su disgusto.

-Mira, güera. ¿A poco crees que me quedaré callado? Lo de esos pinches policías lo tienen que saber las autoridades. Le quiero hablar a quién deba en el ayuntamiento.

-Calma… calma. Bien sé que lo del sábado es intolerable. Pero estamos por firmar el contrato con el ministerio y con el ayuntamiento. No podemos arriesgarnos. La Magdalena no está para tafetanes.

-Ándele pues, ya me cargó el payaso. Monterrey, Madrid, México, España… El mismo jorongo. Cortados por la misma tijera. De poca madre. Ah, Madrid… "Qué te podría yo decir que no hayas oído ya sobre esta hermosa ciudad…"

Callejones con salida

"A veces la rabia es sólo sentido de justicia".
-Anónimo

Prohibido boludear

Aquella mañana llovía a cántaros en el set de filmación a las afueras de Madrid. Y vaya si había frío. Es un campo abierto con colinas suaves y granjas con animales. Unas veinte y tantas personas se afanan en dar los últimos toques a los montajes. El asunto es complejo. Siempre lo es cuando se trata de exteriores y más aún cuando la historia es de época.

La mesa con el catering luce espléndida. Bien surtida. Suficientes bebidas calientes para amansar el tiritar de los huesos. Más allá, en un par de cabinas de lona maquillan a los actores y figurantes vestidos a la usanza del siglo XVI, con capas, tocados y pieles. La escena que van a grabar ocurre en invierno.

A Antonio el jefe de escenografía lo había reprendido varias veces. "¡Ea, tú, deja el móvil y a trabajar!". Y estaba el gordo, a quien apodaban Juanito, que ya venía incordiando desde el primer día. Se quejaba de todo. No entendía que allí estaba para resolver, no para causar más problemas o, peor aún, agravarlos.

Al jefe de escenografía lo tenía literalmente hasta el moño, y al jefe de producción lo había sacado de sus casillas varias veces y ya lo había regañado en incontables oportunidades. Pero la gota que rebasó el vaso fue cuando le cayó a lecos heridos a Antonio y profirió el inaceptable insulto: sudaca. Antonio, al escuchar aquello, ni se volteó. Siguió en lo suyo. Pero el hombre insistió. Y volvió a gritarle. "¡Eh, tú, sudaca!".

Antonio siguió enrollando cables, pero bien sabía que estaba a punto de que se le volaran los tapones. Oye la voz del abuelo, desde el más allá, "no le respondas". Optó por el absoluto silencio. Fingió que no escuchaba la voz de aquel malaleche.

Y entonces ocurrió lo impensable. Un hombre, que el gordo en su portentosa ignorancia ni estaba cerca de saber quién es, se le acercó por detrás.

-Mirá, Juan, ¿o es Juanito? Aquí, querido, escuchame bien, no hay sudacas. Aquí hay his-pa-nos. Fijate bien, yo soy de Argentina, y tengo además la nacionalidad española. Vos sos de aquí, de no sé cuál provincia o pueblo. Mirá bien alrededor. La directora es chilena. El jefe de producción, tu jefe, es peruano. Los guionistas son, uno de Mallorca y el otro de Uruguay. Ta'todo bien. Aquí no hay ni un solo sudaca. Porque no existe tal cosa como un sudaca.

Quien habla es Ricardo Darín, uno de los mejores actores argentinos, que hace un cameo en la película que están filmando. Está vestido de noble del siglo XVI.

El patético gordo se queda atónito, sin saliva, con las cuerdas vocales en paro forzoso. Darín le pasa el brazo por el hombro y le sigue hablando, en voz alta y pausada, para que todos le oigan.

-Escuchá, querido, vos tenés este laburo si lo hacés bien. Si no lo hacés bien, alguien lo va a hacer bien. Y, chau, te vas. ¿Entendés, Juanito? Pero, guarda, que te explico. En esto de las películas, de la tele, del teatro, no basta con hacer bien el laburo. Hay que hacerlo con ganas, con buen ánimo. Y entendiendo que aquí todos estamos laburando para que esta película nos salga bien. Porque si nos nos sale bien, nos vamos a joder todos, vos, yo, la directora, los actores, los luminitos, los camarógrafos, todos. Así que dejate de huevadas con patas, hacé tu laburo, hacelo bien y no hinchés más las pelotas. ¿Entendés?

Se vuelve hacia Antonio.

-Y vos, Antonio, ¿es Antonio?... Te lo digo simple, Toñito querido: ¡Dejate de boludear con el móvil y labura!

Mirando a todos, dice:

-Y ya, basta de quilombos y de pelotudeces. Queda una hora antes de que anochezca. Y esta escena es de día, así que nos queda una hora para grabarla. Y nos tiene que quedar cojonuda.

En el set todos se quedaron boquiabiertos ante aquello. En silencio. Alguien comenzó a aplaudir, y contagió a todos en el equipo de producción. Antonio se limpió las lágrimas a manotazos. Tomó un rollo de cables y lo llevó hasta el aparato de simulación de nieve. "Más vale trote que dure y no galope que canse", le decía su abuelo. El gordo, mudo, siguió moviendo unas cajas. Su protesta se ha quedado sin bocina.

A los minutos, se oyó la voz recia del director:

-Silencio… cámara… sonido… acción.

Sobre un caballo blanco muy enjaezado, una dama vestida con abigarrado traje de época, con larga capa de lustroso terciopelo y capucha de piel, mira a la lontananza. Es Isabel de Valois, segunda hija del rey Enrique II de Francia y Catalina de Medicis, quien será reina consorte de España como tercera esposa del rey Felipe II, tras su matrimonio por poderes el 22 de junio de 1559. Al rey, viudo de María Tudor, le urgía casarse de nuevo para poder engendrar un heredero.

Sale en trote que al cabo se convierte en galope, hacia una colina. Va camino a reunirse con su esposo, el rey de España, en Aranjuez.

Magdalena Zúniga ha ensayado mil veces la escena. Pero en un caballo en un cortijo. Ah, en el descampado es distinto. No supo cómo fue, pero el corcel dio un traspiés, se encabritó y ella salió volando por los aires. Sobre la tierra húmeda donde cayó, boca arriba, Isabel mira al cielo y se desmaya. Aquello no estaba en el guión.

Roto para un descosido

"Por el agua de Granada, sólo reman los suspiros..."

-Federico García Lorca

Granada

El atardecer estaba hermoso, como rindiendo pleitesía a aquella ciudad que a ninguna hora conoce de fealdad. Beltrán escucha en silencio en aquella librería en Granada, donde el autor Juan del Val hace una pequeña lectura de su novela "Delparaíso". Para satisfacción de muchos, Del Val se ha convertido en uno de los más lucidos -y lúcidos- escritores de España. Sus textos tienen naturalidad y cadencia, sin que sus letras dejen de sorprender a los lectores. No es que sea el escritor de moda, como algún tarambana pueda pensar o atreverse a decir. Del Val está haciendo nuevos caminos.

Concentrado, Beltrán toma notas en su cuadernillo: "Interesante que el autor comience la novela con un beso". Del Val termina su lectura, firma libros y atiende a periodistas que le quieren entrevistar. Beltrán escucha a la distancia. Decide no aproximarse.

Beltrán sale de la librería y camina solo aquella noche de luna llena por una calle de Granada. Se cruza con unos jóvenes que charlan y ríen en una esquina. En el bar busca alguna mesa libre y solitaria. Se sienta y

99

empieza a escribir. Toma nota de lo que ve, de lo que siente. Una gitana se le acerca y le dice unas palabras, un conjuro gitano. Toma nota de cada frase de aquella mujer de mirada penetrante: "Que las lágrimas se encaprichen dentro de tus ojos... y, aunque el dolor te acongoje, no quieran caer. Pero, más que todo, que el corazón se te ensanche, que lo sientas crecer en tu pecho y no tengas más remedio que amar". Subraya la frase "y no tengas más remedio que amar". Saca un par de monedas y se las da. Le traen un café. Guarda el cuadernillo en su morral. Se pone los audífonos, cierra los ojos y escucha:

https://youtu.be/ghEuElC9h8Q

Se ve a sí mismo, a solas, caminando en un atardecer por una playa amplia y solitaria. A su soledad la visitan recuerdos. Siente unas manos que le acarician el cuello. Es Almudena. Beltrán se quita los audífonos, se pone de pie, la abraza, la besa. Almudena le da un libro. En la portada se lee: "En ninguna parte del mundo suena la brisa y el paisaje como en Granada". Manuel de Falla. Él le sonríe. En la acera de enfrente, un joven canta.

(507) LIN CORTÉS - GRANADA (Letra | Lyrics Video) – YouTube

Beltrán y Almudena se ponen de pie y caminan por esas calles con sabor a llanto. Pasan por enfrente del joven cantor. Beltrán le pone unas monedas en la tela que tiene en el suelo. Muy abrazados caminan presurosos por la calle. Entran en un portal, suben con prisa una escalera y llegan al cuarto. Abren la puerta, entran y se abrazan y besan apasionadamente, se desnudan y se echan en la cama. Seguramente que para dos que se quieren, que hacer el amor por primera vez tenga como escenario Granada es rendirle pleitesía a todo lo bueno y no claudicar ante lo malo. Así se construye la historia de un buen amor.

Andén

Ahí están, en esa estación del tren que la gente llama "la de los andaluces". Hay algo poético y casi sobrenatural en las despedidas en un andén. Cierto misticismo que hace que las parejas sientan que nadie los ve. La música de fondo es un obsequio de los sonidos de aquella estación. De la mucha gente que hay en la estación. De los que van embarcando. Beltrán y Almudena se abrazan frente al vagón. En silencio. A veces, las palabras sobran. Ella llora. Él le acaricia el pelo. Se besan. Ella se monta. Lo ve desde la ventana. El AVE, silencioso, parte y Beltrán se queda mirando el tren alejarse en la lontananza hasta desaparecer. Almudena sentada en su asiento en el vagón, apoya la cabeza en la almohadilla. Se pone los audífonos, mira por la ventanilla y escucha:

(510) 14 - Tanto (Acústico) - Pablo Alborán - Tanto Edición Especial – YouTube

Y recuerda. Piensa en ellos dos al amanecer queriéndose en aquella cama de sábanas blancas en Granada, frente a un balcón con cortinas movidas por la brisa y con vistas a la Alhambra. En Granada todo hace sentido. Todo lo bueno cabe. La vida se pinta de versos de amor.

Beltrán camina por dentro de la estación. Sale a la calle. Ve a un grupo de refugiados sentados en el suelo frente a dos policías que los hostigan. Se cruza la mirada con uno de los detenidos. Hace un gesto de desagrado.

Se aleja. Camina por el centro. Mira el reloj. Apura el paso. Cruza la esquina y llega al bar Los Diamantes, en el número 13 de la Plaza Nueva. Saluda con la mano a un hombre que está sentado en una mesa leyendo el periódico. Es Juan Del Val, el escritor. Se acerca. Se dan un apretón de manos, como caballeros que son. Llega un mozo y piden café. Hablan. De todo un poco, de las guerras que ya van durando demasiado, de la situación de los refugiados en España y Europa. De las diferencias sociales, de la falta de coraje y el insoportable egotismo de los políticos, del recalcitrante nacionalismo tan destructivo de las patrias, del peliagudo problema de las religiones, del retraso en el modernismo a pesar de tanto y tanto avance tecnológico, de la miseria que crece como una costra, de la grieta social cada día más honda, del absurdo de los españoles que no entienden a Hispanoamérica, de la arrogancia española, del caos de una sociedad que se ha inventado una vida paralela en las redes sociales, de la ferocidad de las no guerras que parecen guerras.

Beltrán hace anotaciones en su cuadernillo. Abre su mochila y le da a Juan un libro. Es "A qué sabe un te quiero", de Beltrán Cuestas. Juan toma el libro y lo ojea. Beltrán le explica que esa es la historia de su abuelo, "un español manchego que tuvo que hacer las Américas y pasó toda su vida sin poder volver a pisar su pueblo natal".

Un tío interesante, Juan del Val, de palabras gruesas y pensamientos finos. De verdades sin remiendos. Sin cómodos escrúpulos en venta. El hombre habla como escribe, escribe como habla, sin pompa pasada por agua de azahares, sin antifaz, sin concesiones, señal de que su letra no está en alquiler.

En una mesa al costado, una mujer con lentes oscuros los ve. Toma su móvil y les hace una foto. Se acerca a ellos, se quita los lentes y les habla. Juan se sorprende, se pone de pie y la saluda con cariño, casi con euforia. Se la presenta a Beltrán. Es Magdalena Zúñiga, la actriz que está interpretando el papel de Isabel de Valois en la serie Felipe II. Juan la llama "Su majestad" y le pide que se les una en la mesa. Hablan. Ahora de cine, de teatro, de televisión, de libros. Un mozo les trae una botella de buen vino, unas copas y unas tapas.

-Supe que te caíste del caballo durante la filmación. ¿Estaba en el guión o de veras te caíste?

-Hombre, me caí, con todo y callos, pero como venía bien para la escena, pues lo dejaron. "Se ve muy natural", dijeron. ¿Y cómo no se va a ver natural si terminé ahí tendida en la tierra y hasta perdí el conocimiento? Todo eso lo grabaron.

-Ja ja ja, qué cosas tienes, Magdalena.

De la nada, todos los móviles comenzaron a pitar. Las redes revientan la noticia; "Última hora: Estalla bomba en la Estación Sagrada Familia del metro de Barcelona". Muchos se levantan y se apiñan en la barra. En la tele, el intro cortina musical da cuenta de una noticia de última hora; en pantalla el titular que se explaya. "Hace minutos: Ha estallado una bomba en la estación Sagrada Familia del metro en Barcelona."

Las tomas son terriblemente confusas. Lo único que se ve es humo. Una densa pared de humo, igual a la de los infiernos de Dante.

Lágrimas secas

"Las lágrimas son para el alma lo que el jabón es para el cuerpo."
Proverbio judío.

Sacrilegio

La mayoría de quienes han salido con vida de un atentado con una bomba coinciden en no recordar los primeros segundos o minutos. En un instante está todo bien, y al siguiente están bajo escombros o despertando en una ambulancia o en un hospital, sin tener la menor idea de qué ocurrió. El sonido de la detonación no está guardado en su memoria, al menos no en el consciente. Los psiquiatras dicen que el estrés es de tal magnitud que el mismo cuerpo se protege y manda ese recuerdo al más profundo rincón del inconsciente. De no hacerlo, las víctimas no morirían de las heridas, sino de un fulminante ataque cardíaco.

Pelayo está en el suelo. No entiende bien qué pasa. No sabe dónde está. Está desorientado. Casi no ve. No tiene dolor, pero no puede moverse, le cuesta respirar. Trata de incorporarse y siente que tiene algo encima, algo duro, pesado. Intenta gritar, pero no le sale la voz. Escucha alaridos que no puede distinguir. Intenta otra vez moverse. No puede.

De repente siente frío en el brazo. Y escucha un ladrido.

Escucha una voz de un hombre que grita; "¡Ea, aquí hay uno!". Siente que una mano lo toca, que mueven cosas que lo tienen atrapado. Lo halan y le meten algo bajo la espalda. Lo cargan y lo elevan. El aire está lleno de un polvo oscuro que no lo deja ver. Siente que lo llevan al exterior. Escucha muchos gritos. Siente que lo tocan por todas partes y le ponen una mascarilla. Y lo suben a un vehículo. Oye sirenas. De ahí en adelante no supo más de sí.

Aquella mañana la bomba que explotó en la estación Sagrada Familia no fue sólo un atentado. Aquello fue un sacrilegio.

Urgencias

Nadie ni nada puede prepararse lo suficiente para una tragedia de esa magnitud. Puede haber suministros, vehículos, personal. Pero el alma no puede blindarse contra semejante dolor. Entonces hay que ponerla de lado, en remojo, para protegerla. La sala de emergencias estaba a reventar. Médicos, enfermeros, bomberos, policías, heridos. Un camillero le grita a un periodista que quiere entrar con un camarógrafo a la sala. La policía lo saca del recinto.

Pelayo despierta. No sabe dónde está. Ve unas cortinas y una gente con mascarillas que le hablan. Escucha: "... ya está de vuelta... hombre, hombre, ¿cuál es su nombre?" Intenta responder. Sólo consigue balbucear: "Pe... Pe... Pelayo".

Siente que lo mueven en algo que tiene ruedas. Y lo meten en algo cerrado, como un ascensor. Y se desmaya.

Antena3 Noticias

Frente a cámara, Vicente Vallés trata de controlar los nervios, antes de ir al aire. Que la noticia es dura y no es fácil de verbalizar. Informa lo poco que se sabe de lo que ha pasado. Pasa unas tomas que han recibido de un transeúnte que grabó con su móvil. Advierte que las escenas pueden ser un poco perturbadoras. Le da el pase a un reportero, Raul García, en el lugar del suceso. Visiblemente consternado y con voz entrecortada, da el reporte. Y luego, pase a la reportera que está a las puertas de la sala de urgencias del hospital. Quieren reportar profesionalmente, sin amarillismo.

Luego, vuelven el pase a estudio. Vallés cierra el extra. "Volveremos a informar tan pronto tengamos más detalles".

Vicente siente en sus adentros que esto es raro. Que no haya declaraciones de ningún vocero del gobierno local, muy raro: "Esto está mal, muy mal. O no saben o algo quieren tapar, No sé qué sería peor".

Madrid, Sistemas de Monterrey

A Aurora la cara de tribulación la sacó de su compostura habitual. Andrés ve en la tele las escenas de los sucesos de Barcelona. No estaba al tanto de que Pelayo estaba ahí, en Barcelona, en la estación.

-Acabo de recibir una llamada del hospital porque le encontraron en la ropa una tarjeta de la compañía. En este momento lo están operando- le dijo Aurora.

Como impulsado por un resorte, de un salto Andrés se levantó del sillón.

-Me voy a tomar el AVE. Quedas a cargo- le responde sin pensarlo dos veces.- Llama a la familia y dile que voy en camino a Barcelona, que no se preocupen que la compañía correrá con todos los gastos. Que tan pronto sepa del estado de Pelayo informaré.

Ella le dice que la familia de Pelayo vive en Altea. Que ya mismo busca cómo comunicarse con ellos y los mandará a buscar.

-No llames a Felipe, ya lo haré yo desde el tren- le responde Andrés.

Atocha

El taxi lo dejó justo enfrente de la puerta principal de Atocha. Ve el reloj. Está a tiempo para tomar el AVE a las 15:00. Atina a entrar en una tienda y comprar lo básico, pasta de dientes, un cepillo, un desodorante. Desde el móvil le escribe a Aurora que ya está en la estación, que ha llegado a tiempo. Embarca en el AVE Madrid Barcelona. Se sienta en su puesto, de ventanilla. Siente que se ahoga; se suelta el nudo de la corbata. Como único equipaje el maletín. Revisa que tenga los papeles del seguro, su DNI, sus tarjetas de crédito y el ordenador. Lo otro que pueda necesitar, ya lo resolverá en Barcelona.

Se escucha el aviso de partida. El tren arranca silenciosamente. Se levanta y camina al bar. Pide un whiskey doble. Llama a Aurora y le pregunta qué sabe. "Sigue en el quirófano". Luego de un segundo whiskey, vuelve a su puesto en el tren. Toma su móvil, respira profundo y llama a Felipe. Sabe que él y Pelayo se han hecho muy buenos amigos. Mira por la ventana mientras habla y le cuenta lo que sabe de lo que está pasando.

-Te hablo al rato, nomás llegue allá y sepa más.

Sabe que ha dejado a Felipe con el alma en vilo. Cuando un inmigrante hace un amigo, ha logrado tener un hermano.

En la pantalla de su móvil, Andrés ve las más recientes tomas. El silencio en el AVE Madrid Atocha - Barcelona Sants es de tanatorio. Todos los que allí están tienen una angustia como daga clavada entre pecho y espalda.

Barcelona Sants

Se baja del tren. La estación está virtualmente tomada por toda clase de funcionarios de seguridad. Descarta la idea de tomar un taxi. La ciudad debe estar hecha un ovillo. Mejor metro. Busca un cartel para descubrir cómo diablos ir en metro desde la estación al hospital de urgencias. La conexión es fácil. Una corta caminata y entra en el vagón. Se fija en la ruta. Cuenta las estaciones que tiene que pasar hasta la estación donde está el hospital. En el vagón también hay guardias aperados para la guerra. La gente no grita. El murmullo es un puchero espeso. Oye una conversación entre dos personas que comentan sobre el atentado. Hablan de decenas de muertos y heridos. Andrés se saca del bolsillo la medalla de la Lupita, la besa y se santigua.

El vagón llega a destino y Andrés se baja. Busca indicaciones. Sube a la calle. Ve la entrada del hospital. Es un zafarrancho. En el barullo de gente, se confunden los uniformes de bomberos, protección civil, médicos, enfermeras. Busca algún letrero que diga Información. Un counter a un costado de la entrada. Pregunta a alguien con tapabocas. Buscan en un listado y le dicen que sí, que ese señor está ingresado, que debe subir al piso tres donde hay una sala de espera. Ahí se debe identificar como familiar del herido y alguien le informará.

Le escribe a Aurora. "Estoy en el hospital. Aún no sé nada. Ya hablé con Felipe.". Ella le responde: "Ya localicé a los padres de Pelayo. En la mañana un coche los buscará en Altea y luego llegarán en el tren de Valencia a Barcelona. Ya tienen los boletos. Yo también iré, con Felipe".

Adaba

Aurora entra al restaurante. Varias mesas ocupadas. Camina hasta la cocina. Ve a Felipe. Está frente a un fogón. Inmóvil, desencajado. Se acercan y se abrazan. En silencio. Fernán le dice que se lo lleve, que él con el sous chef se encargará del restaurante. Suben a la habitación de Felipe. Se abrazan y Felipe llora desconsoladamente.

-Tranquilo, está vivo, sigue en cirugía. Pero está vivo y eso es lo que importa. Es joven y fuerte. Ten fe. Aguantará...

Suena el móvil de Felipe. Es Beltrán, por videollamada. Ambos, Felipe en Madrid y

Beltrán en Granada, lloran. Pelayo no es sólo un amigo entrañable, es el hermano pequeño que ambos necesitan tener.

Urgències a Barcelona

En la sala de espera un médico pregunta por el familiar de Pelayo Ballesteros. Andrés se pone de pie y se acerca al doctor. "La situación es muy delicada. Superó la cirugía, pero hay que esperar 24 horas para poder decir que está fuera de peligro...". Está en la CIU. Puede pasar a verlo sólo un par de minutos."

Andrés, aperado con ropas, guantes y mascarilla entra a terapia y se acerca a la cama. Pelayo abre los ojos y lo reconoce. Está entubado y no puede hablar. Andrés le toma la mano, "Vas a estar bien, Tus padres estarán aquí mañana. Tranquilo. Yo me encargo de todo. Fuerza, amigo, vas a salir de esto". Ambos hombres tienen los ojos preñados de lágrimas.

Andrés sale de terapia y llama a Felipe.

-Pelayo ha sobrevivido, ahora hay que esperar.

-Mañana llegamos en el primer tren- le responde con voz entrecortada.

En la buhardilla de Felipe la televisión está encendida. En Antena 3, Vicente Vallés actualiza la noticia. La policía ha logrado obtener tomas de cámaras de vigilancia en las que quizás puedan identificar a quienes hayan podido colocar el artefacto explosivo en la estación Sagrada Familia de Barcelona. El vocero del gobierno no suelta prenda.

Antena 3

"No le pongas miel a la verdad. Joaquín Sabina". Esa era la frase que Vicente Vallés tiene escrita en un pequeño papel que guarda en su cartera. Algo para no olvidar de qué va · eso del periodismo.

Está en el set. Lee en unos papeles lo que habrá de informar en minutos a cámara. Una muchacha le retoca la cara con polvos para quitar el brillo. Un pasante le ajusta el micrófono y le da el pinganillo. Él mueve la cabeza de un lado a otro. Prueba de sonido: "Enero, febrero, marzo...". Se ajusta la corbata. Le tiemblan las manos. Toma agua. Escucha en el pinganillo: en 3, 2... Entras en la cámara 2.

-Buenas tardes. Este es un informe especial de Antena3 Noticias sobre el atentado ocurrido en Barcelona.

Da detalles de lo que saben hasta el momento de lo ocurrido en la estación Sagrada Familia. El número de fallecidos y heridos. 29 y 352.

-Estas son unas tomas del momento de la explosión. Advertimos que son confusas y pueden resultar muy perturbadoras. Rogamos a nuestros televidentes que retiren a niños y otras personas sensibles.

Se le nota el intento titánico de mantener la calma. Se le quiebra la voz y le tiemblan las manos. Minutos después: "Volveremos en breve con más…"

Arriba, en la oficina gerencial, monitorean el rating. No hace sino aumentar. Una mala noticia es noticia. Una buena noticia no es sino decoración.

Veneca

Ari llegó a la hora pautada a la sala de ensayos. Si algo ha aprendido es que la puntualidad es la única manera de no irritar al coreógrafo. En su mochila está el móvil, apagado, como es norma establecida. Luego de una hora de hacer ejercicios de estiramiento en barra, comenzó el ensayo. En realidad, es una audición. Para un concierto de Sebastian Yatra. Algunos bailarines la miran con recelo. Saben que tiene la bendición de Nicky Jam y que es la consentida del coreógrafo, que no hace ni el más mínimo esfuerzo en disimular sus preferencias. Le dice que se ponga adelante. "Y 4, 5, 6…". Suena la música.

A los diez o doce pasos el coreógrafo grita que paren. Y corta la música. Les dice que se sienten en el piso y que no quiere oír ni una sola palabra. Le dice a Ari que se ponga con él. Grita sin contemplaciones. "Desde arriba... Y 4,5, 6..."

(511) Sebastián Yatra - Traicionera (Official Video) – YouTube

Entre los bailarines, hombres y mujeres, abundan los latinoamericanos. De hecho, son mayoría. Lógico, el ritmo les corre por las venas. Pero en ese Madrid de cientos de miles de inmigrantes, en lugar de unirse, entre ellos se ponen zancadillas.

Ari hace la coreografía completa. Y el coreógrafo les dice que o lo hacen así o sólo Ari-G -su nombre de tablas- va a la audición final de esa noche. Se escuchan murmullos quejosos entre los bailarines, Ari consigue oír a una que rezonga "veneca de mierda".

"Veneca" es el término que tienen en su glosario los colombianos para referirse despectivamente a los venezolanos. Sí, despreciable. La retribución no es menos denigrante: "Colombiches". La xenofobia camina a sus anchas y sin reparos entre los territorios emocionales de Hispanoamérica.

117

Data de siglos, cuando las provincias se miraban entre sí de reojo, bien por encima del hombro. Y se agravó cuando los próceres de la emancipación se empecinaron en disputas por el poder. Pero Ari ya está más que acostumbrada a estos pleitos. Sabe que es mejor esquivarlos. Lección aprendida en su Catia natal, una de las parroquias más populosas de Caracas, donde la competencia por todo ocurre sin reglas y los desprecios están en oferta. En Catia se aprende desde niño a saber dónde hay que poner las rabias. Y que los nacionalismos hacen daño, mucho daño.

Ya caminando por la calle, se fija en la hora: 3:25. Ah, fue largo el ensayo. Ya Pelayo debe haber llegado a Madrid. Enciende su móvil. 7 llamadas. De Aurora. 5 mensajes de Felipe. No hay llamada de Pelayo. Qué raro.

Por ridículo que pueda sonar para muchos en estos tiempos de devaluación de las emociones, el romance entre Ari y Pelayo fue amor a primera vista. Se conocieron aquella noche del incidente en el restaurante y de ahí en más no hubo espacio para otros. A él le fascinaba que ella estuviera en el mundo de la danza; a ella le encantaba que Pelayo fuera un "nerd" de los ordenadores. Que ella fuera venezolana y él español no hacía grieta. Los jóvenes quizás entienden mejor que los mayores que en el mundo ya no existen forasteros. Que todos somos extranjeros en alguna parte, en algún país, en alguna ciudad, en alguna calle. Que nada nos pertenece. El amor de aquellos dos sólo tenía la complicación de las distancias: ella casi siempre estaba de gira y Pelayo trabajaba en Barcelona. Y no, Facetime no puede sustituir la caricia. Pero eso no los alejó. Encontraron el modo de quererse mejor.

Beneïda Sagrada Família

Las cintas amarillas que usan los policías para demarcar una escena del crimen son la nueva decoración improvisada aquel día en la Estación Sagrada Familia del metro de Barcelona. Dos funcionarios con trajes antibombas salen de la zona cero. Han revisado todo, escrupulosamente. No hay más bombas. Ahora toca el turno a los expertos forenses. Hay que revisar minuciosamente. Ponen marcas, hacen cientos de fotos, recogen muestras de cualquier cosa que pueda dar pistas. Buscan evidencias. Uno grita que ha encontrado restos que bien pueden ser del artefacto explosivo. La describe a sus compañeros y por radio a la central de operaciones antiterroristas de la policía. Parece de fabricación casera. La mete en una bolsa y sella el envoltorio. A laboratorio, urgente.

El miércoles 6 de noviembre de 1985, el Palacio de Justicia de Colombia, ubicado en el lado norte de la plaza de Bolívar en Bogotá, frente a la sede del Congreso y a una escasa cuadra de la Casa de Nariño, palacio presidencial, fue atacado sorpresivamente por un comando de guerrilleros del M-19. Los terroristas mantuvieron unos 350 rehenes entre magistrados, consejeros de Estado, servidores judiciales, empleados y visitantes del Palacio de Justicia. Durante muchos años no se supo que tras aquel atentado estaba la perversa mente de Pablo Escobar Gaviria, que él había embaucado a los guerrilleros para lanzarse en este ataque con la intención de destruir todos los legajos y evidencias de los casos judiciales que pesaban en su contra en los archivos en ese palacio.

El 11 de marzo de 2004, a las 7:39 am, tres bombas estallaron en un tren que llegaba a la estación de Atocha en Madrid procedente de Guadalajara. Minutos después cuatro bombas más hicieron explotar un convoy que circulaba a 500 metros de esa estación, a la altura de la calle Téllez. La primera reacción del gobierno fue culpar a ETA. Y así se hizo en constar con no poco énfasis en declaraciones oficiales. Los perpetradores, como se supo luego, habían sido miembros de un componente yihadista. El costo político de aquel "error" se pagó días después en las urnas electorales. El que era el virtual ganador, perdió.

Aquella mañana del atentado en la Estación de Metro Sagrada Familia en Barcelona, un primer pensamiento de las fuerzas de seguridad los hizo dar por sentado que aquello se trataba de un ataque de la yihad islámica. Estaban aún frescos en la memoria los terribles atentados perpetrados en París, Niza, Atocha. Persuadidos como estaban de que el ataque tenía sello yihadista, buscaban identificar si aquello era trabajo de una célula o acaso de un lobo solitario.

Pero para los expertos, las bombas son como las personas: tienen personalidad, huellas digitales y firma. Los explosivistas saben distinguir de qué está hecha una bomba y consiguen leer en las evidencias quién las hizo. En el laboratorio criminalístico, estudiaron bien los restos del artefacto. Cuando el jefe del laboratorio le dijo al comandante de la fuerza antiterrorista la verdad, bien sabía que aquello no eran buenas noticias. Con el descarte -no lucía como que los implicados pertenecían a una célula de la yihad islámica- la identificación de los perpetradores se convertía en un problema aún más grave.

A veces el peor enemigo no es el que escuchamos gruñir. Es el que tenemos al lado, silencioso, cauto, esperando pacientemente su mejor oportunidad para atacar, formando parte del paisaje sin que reparemos en él.

Aquell matí primerenc a Barcelona

Sentado en aquella incómoda banca en la sala de visitantes en el hospital, Andrés escribe en su móvil. Una nota a varios. Ha pasado una noche de perros. No hay un milímetro de su cuerpo que no esté en franca protesta. Pero no se irá al hotel hasta que no lleguen Aurora y los padres de Pelayo.

Escribe: "El doctor dice que todavía no pueden dar un pronóstico, pero está estable, muy delicado, pero estable". Con su maletín al hombro, sale a la calle y siente el frío húmedo que le golpea el rostro. Entra en un bar y pide un café y algo de comer. Abre el maletín y saca dos píldoras: un ibuprofeno y el maldito antidepresivo. Suena su móvil. Videollamada. Ve en el identificador: Felipe. Atiende, se divide la pantalla. Felipe le dice que conectará a Beltrán. La pantalla se pica en tres. Andrés les explica la situación. Termina la llamada. Toma otro café y come un trozo de tortilla de patatas. Ve en la televisión del bar el noticiero de Antena3. Es una repetición de las escenas que ya había visto. Nada nuevo en esa película de horror. Todo es tal cual a los atentados de los carteles que en México han puesto por años en jaque la tranquilidad de los habitantes. El salvajismo no tiene nacionalidad.

Razón tenía Plauto: "El hombre es el lobo del hombre".

Urgència

La impaciencia es prima hermana de la urgencia. El funcionario policial apostado en la casilla de Información del Hospital no anda de buen humor. De mala gana respondió a las preguntas de Aurora, Felipe y los padres de Pelayo. Y de aún peor gana los mandó al segundo piso. Felipe quiso abofetear a aquel imbécil. Le recordaba las tantas veces que tuvo que lidiar con policías en Medellín. Cortados con el mismo patrón y la misma tijera. Cosidos con los mismos hilos.

En el pasillo del segundo piso, Aurora pregunta y una joven un tanto menos cáustica en Información les dice que esperen en la sala que está al fondo. Al menos dijo "por favor". Que allí irá el doctor a hablar con ellos. Al menos esta joven tenía claro que no era buena hora para los malos modales.

Se sientan. Media hora, y nada. Otra media hora. Nada. Aurora ha regresado de buscar cafés para todos. Con ella está Andrés. Al fin llega el médico.

-Las heridas fueron muy graves. Logramos detener la hemorragia interna. Aún no está fuera de peligro. Las próximas horas son cruciales.

Un atentado mata personas, causa heridos. Y hace algo todavía peor: contamina la vida de todos del más infinito miedo. Eso sentían todos sentados en aquella sala de espera; que en el aire no había oxígeno, sólo irrespirable terror.

Amor Intensivo

En esa cama en Cuidados Intensivos Pelayo está conectado a tubos y aparatos. Entran los padres con bata, gorro y tapabocas. La madre le toma la mano. El padre le acaricia la frente, le besa y le habla. Pelayo está muy sedado. De repente empiezan a sonar alarmas. El equipo médico entra con el carro de resucitación. Una enfermera empuja a los papás y los saca del cuarto de vidrio transparente. Ven a Pelayo convulsionando y cayendo en paro. Los médicos gritan y dan instrucciones. Le inyectan algo en la vía y le ponen las almohadillas de resucitación cardiaca.

La enfermera cierra la cortina. Adentro una doctora vuelve a darle impulsos eléctricos. En los intervalos un enfermero le da respiración forzada con el globo. Lo hacen tres veces. Afuera, los padres de Pelayo se abrazan. La madre llora. El padre la consuela, En el monitor se muestran líneas planas. Un pitido continuo inundó la habitación. En ese preciso momento llegó Ari.

Revelaciones

"Nada hay más despreciable, ni peligroso, que un malvado que cada noche se va a dormir con la conciencia tranquila."

-Arturo Pérez Reverte

Una terraza en Graná

"No recordamos los días, recordamos los momentos". Esa es la frase de Cesare Pavese que Beltrán recuerda mientras está sentado en una mesa, tomando café y hojeando el libro que acaba de comprar. En una mesa en el fondo un joven con una guitarra canta.

(512) España camisa blanca – YouTube

Ve fotos antiguas, de 1939 o tal vez de 1940, del mercado de San Miguel en Madrid, de aquel Madrid en tiempos de la posguerra. Lee al abuelo. Es como si pudiera escuchar la voz que el abuelo nunca tuvo. De cómo conoció a F. Ballesteros, el tío abuelo de Pelayo, y de cómo se hicieron amigos, cómo se divertían con piedritas, que era el único juguete que tenían. Narra sus aventuras de niños, haciendo de mosqueteros con palos como espadas. Y cómo con pedazos de cartón tapaban los huecos de los zapatos. F. Ballesteros lustraba botas de los señorones en La Gran Vía. Le daban unas cuantas pesetas, pero al menor descuido el muy granuja se las ingeniaba para afanarse lo que tenían en sus abrigos. Eran apenas unas monedas, pero aquello lo sentía Ballesteros como un logro. "Soy el mejor de todos", decía con gran orgullo entre la cuadrilla de amiguetes. Con esas monedas compraba cosas para su familia.

A Beltrán se le empapan las mejillas mientras lee aquello. Termina su café. Se levanta, deja unas monedas en la mesa y decide caminar por Granada.

Mariví

No hubo qué no intentaran. Los mejores colegios en Santander y el exterior. Equitación, golf. Viajes de ensueño. Veranos en los Hamptons, en La Provence, en la Costa Azul. Pero Ma. Victoria -Mariví- era la imagen de la rebeldía. Pudo haber escogido cualquier profesión con gracia y prestigio. Inteligente y hermosa y de una familia con posibles muy apreciada en Cantabria. Así que cuando ya terminados esos dos interminables años del "finishing school" en Lausanne regresó a Santander y les dijo a sus padres que en una semana se iría, ellos sólo atinaron a preguntar a dónde y a qué, esperando que algo bueno anidara en aquella declaración.

-A Barcelona. Quiero ser policía.

No entendieron de dónde había salido aquello. Menos lo entendió el pretendiente que bebía los vientos por ella, un guapo e insulso estudiante de Económicas que más temprano que tarde debería encargarse de la naviera familiar y que a Mariví no le desataba sino pronósticos de tedio. Los padres le advirtieron que le quitarían todo apoyo económico. La amenaza cayó en lo más profundo de un pozo seco. Pasó con honores todos los cursos exigidos por la Policía Judicial. Y sin ninguna palanca fue ascendiendo. Al cabo de ocho años, luego de mucho patear calles, de muchas guardias, de mucha oposición (oh, una mujer pretende una profesión de hombres), pasó el examen y la nombraron detective. La fama de mujer difícil no le venía gratuitamente. Nadie osaba propasarse con ella. Por supuesto, aquel novio juvenil ya era agua pasada. Y a sus 28 años la escena de marido, hijos, piso con portero, ropero de firma, auto de alta gama, veranos en Ibiza, vacaciones de esquí en Gstaad, nada de eso le interesaba en lo más mínimo.

Iba en su coche rumbo al comando cuando escuchó el aviso de la bomba que había explotado en la estación Sagrada Familia. Respondió de inmediato, encendió las intermitentes y la sirena y en cuestión de minutos estaba allí.

Als afores de Barcelona

Cuatro hombres están en el interior de la bodega. Hablan entre ellos en un español muy soez. Dos aspiran cocaína y beben del pico de una botella de vodka. Los dos que no beben ven sus móviles y dicen que la noticia ya está en todos los medios y las redes. Que hay que irse. Los que se drogan ríen a carcajadas y acusan a los otros de cobardes. Que hay que celebrar el éxito, que no los van a encontrar. Son torpes. Han mantenido encendidos sus móviles.

Agentes especiales de la unidad de operaciones especiales de la policía se acercan sigilosamente a la bodega. Varios van a la puerta de entrada. Se preparan para entrar. Por la ranura meten una cámara. Se hacen señas con las manos. 4 dedos. Sacan la cámara. Un policía intenta abrir el portón. Está cerrada. Pone un explosivo C4. Se guarecen. Estalla, se abre el portón y entran. "¡Manos arriba, Policía!". Dos de los hombres les disparan, un policía cae herido. Los fogonazos dan cuentan de las ráfagas de armas de repetición. Los dos hombres caen abatidos. Los otros dos se arrodillan en el piso con los brazos en alto. Los someten a la fuerza completamente echados en el piso y los esposan. El jefe de la operación reporta a central. Son 4. Dos caídos, dos detenidos. El policía baleado no tiene heridas mortales pero hay que trasladarlo a centro hospitalario. Piden ambulancia y unidad de forenses. Dos policías recogen los artículos de los delincuentes. Cuatro armas de fuego y dos mochilas, en las que hay muchos euros en efectivo, drogas y varias botellas de licor. Recogen seis móviles, todos activos.

A los muertos los revisan. Encuentran identificaciones y móviles. Reportan a Central los datos y envían fotos de la escena, de los hombres y de las identificaciones. No hay manifiesto con consignas. No hay elementos islámicos. Y no, no son extranjeros, ni musulmanes. Son españoles. Y seguramente con partida de bautismo.

Sala d' interrogatoris, Operacions especials Policia, Barcelona

Dos detectives interrogan a uno de los sospechosos. Es un joven de menos de veinte años. Con aspecto de malandro. Cabeza medianamente rapada, con mechones de varios colores. Muchos tatuajes que indican afiliación a pandillas. Ya tiene prontuario.

Un detective juega a policía bueno y el otro hace el papel del malo. La sala está helada. Adrede. Es la estratagema para que el sospechoso sienta incomodidad. El bueno le da un café y un bocadillo. Se lo come con desesperación. Le dice que si colabora puede salirse del problema, que él cree que él estuvo en esto engañado, que la fiscalía puede ser indulgente, pero que para poder ayudarlo tiene que hablar. El otro policía da puñetazos sobre la mesa y lo amenaza.

-Hijo de la gran puta, habla o te jodes, te juro que te vas a pudrir en la peor de las cárceles… Eso te lo juro…

Se abre la puerta, sale el detective bueno y entra un tercer detective. Le dice que cada minuto la cosa se pone peor para él; varios heridos han muerto y hay otros que podrían morir. Le enseña fotos del siniestro, imágenes muy crudas de los muertos. Le conviene hablar. En la sala de al lado está su compañero y ya está cantando. Si cuenta todo, ya para él no habrá ninguna consideración. Aún está a tiempo.

A l'altra sala d'interrogatoris

Cuarto detective. Colominas. Hijo y nieto de policía. El oficio lo lleva en la sangre. Con una carpeta. La tira sobre la mesa. Abre la carpeta con gran parsimonia. Revisa hojas. Y empieza a leer su prontuario, extenso.

-¿Por qué pusieron la bomba? Habla pedazo de mierda. -El interrogado no emite ni una palabra.

Detrás de los vidrios espejo de la policía, tres hombres ven los interrogatorios, el jefe de detectives, el jefe de operaciones especiales y un abogado del ministerio público. No tienen suficiente información. Con lo que saben no alcanza para procesarlos. Lo más importante es saber si hay otro atentado en proceso.

Afuera, en la calle, está acampada la prensa nacional e internacional; las redes están estallando. Hay que hacer una declaración ya, antes que todo el asunto se les salga de las manos. Al comandante lo llaman cada cinco minutos de Sant Jaume y de Moncloa. Hay que esperar. Aún no saben cuál es el móvil del atentado o quiénes pueden estar detrás de esto, y hasta que no lo sepan no pueden dar certezas de nada. Necesitan tiempo para investigar más a fondo. El reloj juega en contra.

Breaking news

En el set hay un griterío. Le dicen a Vallés que en minutos va al aire. Un poco más recompuesto, revisa las notas que tiene. Se prepara para un extra que será transmitido en minutos. Pone en orden sus ideas. Tiene que ser muy preciso en lo que diga. Y dará al pase a dos reporteros en Barcelona, uno que está en la sede de la policía y otro que está en el hospital de urgencias. Se alisa la corbata. La maquilladora le empolva la cara y un técnico le ajusta el micrófono. Pase al aire.

-Buenas tardes. Esto es lo que se sabe hasta el momento del atentado en el metro en Barcelona.

Habla con voz pausada y controlada. Da el número de fallecidos y heridos. Y narra que en un operativo de las fuerzas especiales la policía ha logrado capturar a los perpetradores que se escondían en un polígono en las afueras de Barcelona. Dos fueron dados de baja y dos se encuentran en la sede policial en interrogatorio. Da el pase al reportero García que está en la policía en Barcelona, quien dice que hasta el momento no hay declaración de la dirección de la policía. Luego pasan a una reportera desde las afueras del Hospital de Urgencias. Dice que tan sólo se sabe el número de heridos que ingresaron a Urgencias.

Vuelven al set de Antena 3 y Vallés cierra diciendo que a esas horas no hay un pronunciamiento oficial ni del gobierno de la Generalitat ni de Moncloa. Cierra con un "continuaremos informando".

Sale del aire. Camina fuera del set y va a su oficina. En la lista de heridos graves lee un nombre. Se lleva las manos a la cabeza. No lo puede creer.

En la sede de la Policía en Barcelona

En el cuarto de vidrio espejo el aire se puede cortar con cuchillo. El jefe de detectives, el comandante de la policía y el abogado del ministerio público miran y escuchan. Entra un cuarto hombre. Le da un informe al jefe de detectives. "Esto no lo va a creer".

El jefe de detectives lo lee y mira al detective con cara de asombro. y le entrega el reporte al comandante de la policía. Este lo lee y abre la puerta y sale. Entra en su oficina y le grita a su secretaria.

-Dame con Sant Jaume y con Moncloa, en ese orden.

La secretaria toma el teléfono y comienza a pulsar números.

Jordi

Hay que tener la piel muy curtida y el alma muy recubierta para poder ser un fotoreportero de sucesos o de guerra. Luego de haber pasado por la experiencia de hacer cobertura en Afganistán e Irak, a Jordi poco le quedaba por ver. O eso creía. De allí lo destinaron a Colombia y a El Salvador. Y entonces descubrió que el nivel de salvajismo del que es capaz el ser humano es ilimitado.

133

Así que cuando lo mandaron a Barcelona, aquello le supo a vacaciones. Comparado con todo lo que había vivido, los disturbios de los separatistas parecían más bien una verbena de domingo.

Jordi había conocido a Mariví del modo que los tiempos modernos marcan, por internet. No habían aceptado verse en vivo y en directo. Los policías y los reporteros son naturalmente desconfiados. Y, además, ninguno andaba en procura de romances. Pero se hablaban por Facetime con frecuencia diaria. Compartían la afición por la gastronomía y los deportes. Habiendo sido ambos viajeros de muchas millas acumuladas, entendían que la culinaria es mucho más que mera alimentación, es cultura. Jordi, catalán, Mariví, cántabra, presumían sin exageración de sus platillos. Pero entendían bien que nunca hay que dejarse contagiar por fanatismos. Y sobre los deportes, ah, en eso coincidían: es la guerra más civilizada que ha inventado el ser humano, con reglas y sin balas.

Se hicieron amigos. Poco hablaban de sus respectivos oficios. Comprensible cuando cada cual tenía la vida repleta de relatos escalofriantes. Más bien, intercambian recetas y chateaban hasta altas horas de la noche sobre películas y series. Así, ella no tenía que escuchar sobre las pavorosas escenas que los ojos de Jordi tenían tatuadas en sus retinas, y él no tenía que pasearse por las narraciones de las degradaciones que ella enfrentaba como policía en una ciudad que como Barcelona vaya si tenía las enfermedades clásicas de las grandes urbes europeas. Compartían, además, el gusto por la música clásica y la ópera. Parecían hechos el uno para el otro. Pero a distancia. Ninguno quería correr el riesgo de romper el hechizo.

La mañana del atentado en la estación Sagrada Familia, Jordi no estaba trabajando. Caminaba tranquilamente al alba rumbo a la estación del metro cerca de su piso en Les Corts para, desde allí, ir a fotografiar las esquinas de las casas de los indianos en el distrito de Sant Andreu y cuyo núcleo histórico está delimitado por las calles de Manigua, Felipe II, Cienfuegos, Olesa, Concepció Arenal, y el paseo Maragall. Aquellas casonas, auténticas gemas de la historia arquitectónica de la ciudad condal, parecían no recibir la merecida atención. Cuántos hay que viven en Barcelona o que la visitan que ni siquiera saben a qué asunto refiere el término "indiano". Jordi quería retratar esos palacetes con la luz del amanecer.

Al concluir, decidió ir a fotografiar la gente en la cotidianidad del ajetreo del metro. La estación Sagrada Familia le pareció la mejor elección. Abordó el metro en la estación Sant Andreu.

Llevaba su cámara, la pequeña, la que no estorba ni llama la atención de curiosos. Por supuesto, no exhibía su carnet de prensa. ¿Para qué? Prefería que lo tomaran por un turista más. Fue por esa inusual circunstancia que pudo hacer la fotografía que daría al traste con el secretismo espeso en el que algunos poderosos quisieron sepultar la verdad.

Ah, la verdad. Tan vejada. Es la principal víctima de toda la milenaria historia de la humanidad. Se la oculta y hasta destruye para poder construir una narrativa que calce como pantufla hecha a medida de convenientes intereses. Pero la verdad es tozuda. Vaya si lo es. Y más tarde o más temprano, encuentra un resquicio por el que colarse. La foto que Jordi hizo aquella infausta mañana daba con las pistas correctas, aunque no calzaran con las agendas de quienes querían hacer de aquello un suceso marcado por una de las dos enfermedades más graves de estos tiempos: el nacionalismo y el "religionismo".

En las varias fotos que disparó con su cámara se veía claramente a un hombre, de aspecto muy convencional, muy de vecino de barrio, apeándose de un coche, cargando con una mochila, entrando a la estación. Luego el mismo hombre, saliendo de ella y montando de nuevo en el mismo coche unos pocos metros más allá. Ya no cargaba con la mochila. Como Jordi no llevaba prisa, se sentó en un bar fuera de la estación a revisar la secuencia de las tomas. El olfato de un reportero gráfico está casi tan desarrollado como su vista y su oído.

De hecho, tiene siempre activado un sexto sentido: la intuición.

Cuando sintió el estruendo, no le tomó por sorpresa. Entrenados su cuerpo y su mente en los avatares de explosiones y destrucción, se echó al piso. Para un fotógrafo, la cámara no es un instrumento, es parte de sí mismo. La protegió con su torso.

Aquellas fotos pudo haberlas enviado a cualquiera de las plataformas de medios. Vaya si le pagarían buen dinero. Pero no. No era lo suyo formar parte del sensacionalismo que mercantiliza la tragedia y que ya estaba haciendo de las suyas. No quería formar parte de controversias y alharacas con agendas preestablecidas. Así que llamó a Mariví. Como no atendió, grabó un mensaje de voz: "Veu les fotos. El cotxe va arribar, d'ell es va abaixar aquest home amb aquesta motxilla que veus en les sis primeres preses. Després va sortir de l'estació, ja sense la motxilla. El mateix cotxe en què havia arribat l'esperava uns metres més enllà, amb el motor encès. Ja no carregava amb la motxilla. Van seguir per l'avinguda i van desaparèixer. Uns minuts més tard sentí l'esclat. Investiga". A la nota de voz, Jordi adjuntó más de veinte tomas. En varias se podía distinguir parte de la matrícula del coche. Y las tomas permiten hacer lecturas biométricas del hombre que entró y salió de la estación.

El silencio inmoral

"Estamos todos rotos, así es como entra la luz".

-Ernest Hemingway

Noche en España, sala de prensa de la policía

Sentados frente a un largo mesón lleno de los micrófonos de medios nacionales e internacionales, el comandante de la policía, el jefe de detectives, el director general del hospital de urgencias y el abogado del ministerio público. La sala está a reventar de reporteros de todos los canales, radios, periódicos y agencias de noticias nacionales e internacionales.

Habla el comandante general de la policía, vestido de uniforme. Hace un reporte de lo ocurrido. Aclara la voz y con calma lee de un papel que tiene en la mano. No improvisa. Está descartado que haya sido un atentado yihadista. Los implicados son cuatro, de nacionalidad española, todos mayores de edad. En el operativo de captura, ocurrido en una bodega abandonada en un polígono en las afueras de la ciudad, los indiciados abrieron fuego. Fueron dados de baja dos y dos fueron capturados y detenidos, y llevados a la sede de la policía. En el operativo un policía ha resultado con heridas de importancia, pero ya se encuentra fuera de peligro. A los detenidos se les dieron todas las garantías judiciales. Fueron decomisadas en su poder 6 armas de fuego, varias cajas de municiones, dos armas blancas, varios gramos de sustancias estupefacientes, varias botellas de licor, una cantidad aún no determinada de dinero en billetes, euros y dólares. Luego de un largo interrogatorio, los indiciados confesaron haber perpetrado el atentado en la estación Sagrada Familia de la ciudad de Barcelona. En el suceso fallecieron tres individuos, un menor de edad entre ellos, y fueron heridas 128 personas, de los cuales 111 fueron atendidos y se encuentran ya en alta médica y 17 se encuentran recluidos por razones de gravedad de heridas. De esos, 3 personas se hallan siendo atendidas en la unidad de cuidados intensivos dada la severidad de su condición.

Los detenidos han sido pasados a las órdenes del ministerio público, que procederá al respectivo proceso judicial. Existen indicios de que actuaron como sicarios contratados por una organización internacional para perpetrar el atentado. Eso está en fase de investigación policial, así que no se pueden revelar detalles. Los indiciados han sido recluidos en un local penitenciario de máxima seguridad y se encuentran bajo máxima vigilancia. Tal información es de índole confidencial.

En cuanto a seguridad ciudadana, la situación está totalmente bajo control de los organismos competentes. Los ciudadanos y visitantes de Barcelona pueden sentirse seguros. Agradece y se retiran los cuatro funcionarios. No responden a las preguntas que gritan los periodistas.

Oficina de Vallés, tarde en la noche

Vicente Vallés mira por la ventana. Piensa en Pelayo Ballesteros. Se ve a sí mismo con él cuando se conocieron en un vuelo a Asturias. Y quedaron como amigos, por una razón muy importante: ambos seguidores del Club Atlético de Madrid. Coge su móvil y busca el número del reportero apostado en el Hospital de Urgencias. Videollamada. Le dice que a como dé lugar tiene que averiguar el estado de uno de los heridos en el atentado.

-Consigue la lista de los heridos. Ya mismo. Este hombre se llama Pelayo Ballesteros. Necesito saber si la familia ya llegó. Quiero un número de teléfono donde poder llamarlos. Es urgente.

Despatx del cap de detectius a Barcelona

En la oficina del jefe, frente a él, tres detectives. Dos son de los más veteranos y uno más joven. Entra una detective con cara de supernerd que es especialista en sistemas. Les dice que ya lograron establecer las conexiones por unas llamadas a los móviles que le

141

confiscaron a los indiciados. Todos son desechables menos uno y ahí encontraron claras pistas, hay una llamada a un bar de rusos de nombre Borya en el barrio La Mina. El dueño está en el radar por narcotráfico y de los anillos de prostitución.

El jefe ordena el operativo silencioso. A los del comando especial los quiere bien armados y con el máximo de seguridad. Ordena que la requisa sea hasta el último vaso. Y advierte que los quiere vivos a todos.

Nit al barri la Mina, Barcelona

El comando de quince agentes especiales llega sigilosamente a la calle en el barrio La Mina. El oficial a cargo ordena por radio que tumben la electricidad. Cuando ya todo está a oscuras, el contingente entra estrepitosamente al bar, que estaba repleto. Una parte del comando queda afuera vigilando las salidas y los techos. Otra parte hace la requisa, apuntan a los bartenders que ya estaban buscando armas. En el sótano descubren al dueño del bar, un ruso rodeado de matones que se rinden rápidamente. Detienen a 20 entre los cuales están 4 hombres que estaban en las fichas de Interpol. Fuertemente esposados y con mordaza, los montan en una camioneta oscura y a toda velocidad los llevan al edificio de la policía. Entran por el sótano. Los bajan de la camioneta y los llevan a cuatro salas de interrogatorio donde los esposan a las mesas.

En un piso en Barcelona

Ari entra al piso que le han alquilado al lado del hospital. Deja el carry on en la entrada. Tira su mochila sobre la cama. Se quita los zapatos y la chaqueta. Abre la nevera y ve que hay refrescos, jugos y cervezas. Toma un jugo. Entra al baño, se desviste y se da una larga ducha. Sale envuelta en la toalla. Toma el móvil y se asoma por la ventana.

Escribe cuatro whatsApp: a su mama, a Beltrán, a Andrés y a Aurora. A todos les dice básicamente lo mismo: "Ya estoy en el piso. Bien. Cansada. Mañana hablamos". No quiere hablar con nadie. Abre la nevera y saca una botella de agua y de su mochila una barra de cereales. Mira la ciudad. Y rompe a llorar.

La Alhambra

Beltrán camina lentamente por los jardines de La Alhambra. Se sienta en un banco frente a una de las fuentes. Saca su cuadernillo y escribe. Suena su móvil. Videollamada. Es Felipe.

Beltrán le dice que luego de lo que ha pasado en Ucrania cualquier cosa es posible con los rusos. Le dice que la siguiente semana se va a Sevilla y en dos semanas estará de regreso en Madrid. Le faltan unas entrevistas y luego podrá regresar. Le cuenta que lo llamó Antonio. Que hay un puesto en un programa en Antena 3 que es bueno para él. Ya verá cuando regrese a Madrid. Si el trabajo es interesante lo puede aceptar.

-Mire, Beltrán, amigo, no es bueno que usted esté solo, ni siquiera en Granada.

Le cuenta que lo llamaron para un programa de televisión de gastronomía, no el de concursos; otro, uno nuevo, que se produce en toda España. Es difícil para estos dos sentir algo parecido a felicidad cuando Pelayo está en mal estado.

Beltrán camina hasta la parada del autobús. Sólo hay otro transeúnte esperando. Un hombre ciego, con un perro. Recuerda la frase de Icaza: "Dale limosna, mujer, que no hay en la vida nada, como la pena de ser ciego en Granada." Llega el autobús y ayuda al hombre y al perro a montarse.

Ya en el autobús se pone los audífonos. Escucha:

https://youtu.be/32d1bq-kG5c

Ve cada detalle de las calles, las personas, los vendedores ambulantes, los portales históricos que unas mujeres barren como parte de la cotidianidad. Piensa: "Estos portales tienen siglos de historia y la gente los toma como si fueran de ayer".

Anochece. Dicen que en Granada cuando llueve no es agua lo que cae del cielo, es llanto de los benditos. Se baja del autobús y camina bajo la lluvia. Entra en el portal de un edificio, sube la escalera y abre la puerta de su pieza. Se acuesta en la cama y se va quedando dormido. Lo despierta el ring de su móvil. Llamada de Caracas. Su hermano. Atiende. Escucha la voz de su hermano. Entrecortada. No le entiende bien. La conexión es mala y la voz se pierde. Atina a escuchar: "Hay un problema que...". Y pierde la señal.

Se levanta de la cama, sale de la pieza y baja a la calle. Camina al bar de la esquina. Entra. No hay mucha gente. Se mueve por el local buscando señal. Intenta la llamada, varias veces. No lo consigue. Sigue intentando, con abierta angustia. Lo logra. Habla con su hermano: "Son papá y la abuela..."

En un hotel en Barcelona

Andrés abre la puerta de su habitación. Tira el bolso en la cama y va hacia la neverita. Toma varias botellas de licor. Abre dos y se las toma una tras otra sin pausa. Busca su móvil y escucha un mensaje grabado. Es viejo. Es la voz de Ana Luisa. Lo oye varias veces. Destapa dos botellas más y apura el contenido. Busca en el móvil otra grabación.

145

https://youtu.be/fH480zvoxRQ

Se tambalea y colapsa en la cama.

Madrid, de noche, Vicente

Vicente Vallés está en su coche; se detiene en una esquina. Toma su móvil. Videollamada al número que el reportero le mandó. Repica varias veces, hasta que el padre de Pelayo atiende la llamada. Le dice que él es Vicente Vallés, que su hijo es un muy buen amigo. Le pregunta cómo se encuentra Pelayo. El padre le responde con voz angustiada cómo está la situación. Vicente le dice que él está a su orden para ayudar, en lo que sea, a Pelayo y a ellos. El viejo le responde con voz abiertamente entrecortada por el llanto.

Termina la llamada. Se limpia las lágrimas. Suena su móvil. Es el reportero que está apostado en la policía. Le dice que tiene información. Que una fuente de dentro de la policía le reveló que el atentado fue supuestamente ordenado por la mafia rusa. Hay varios detenidos, entre ellos un ruso que es muy cercano a Putin, porque muchos años atrás fue funcionario de la KGB.

Vicente le dice al reportero que quiere nombres, datos, detalles. Y que, si en Moncloa y Sant Jaume no quieren que se sepa todo esto, pues lo hará Antena3. En esto hay muertos y heridos. No revelar la trama de este atentado es un inmoral silencio.

-Me regreso al canal.

Arranca el coche con chirridos de llantas. No es cierto que los buenos periodistas tienen educado el miedo. Vicente está aterrado.

https://youtu.be/Py_2C62Lt3c

Casualidades y causalidades

"La casualidad es un desenlace, no una explicación."
-Jacinto Benavente

Moral y decencia

Aurora y Andrés hicieron lo que hacen los decentes con fuerza y poder: ayudar. Tan pronto Felipe le contó a Aurora la situación de Ari, la respuesta de la inteligente burgalesa fue iniciar lo que bien podían. Contrataron a la venezolana como "asesora en relaciones institucionales" y así convirtieron a Sistemas de Monterrey en espónsor de la extranjera. De inmediato, el abogado de la empresa comenzó el enrevesado y burocrático camino de la visa de trabajo.

¿Era ello legal? Dirán algunos que caminaron sobre el filoso camino de lo gris. Y sí. La moral es el principal ingrediente de la ética. Ayudar era hacer un puchero con verduras de inteligente bondad. Y si hay que transitar por los grises, pues se abren bien los ojos y los sentimientos y se hace lo que se tiene que hacer.

De qué sustancia está hecho el miedo

Nomás se baja del vagón, Beltrán la ve. Se abrazan, fuerte. Él entierra la cabeza en el hombro de ella. Luego caminan abrazados

149

hacia la entrada del metro. No se dicen ni una palabra. A veces el silencio es más elocuente que mil palabras. Se miran. Llegan a la estación de destino. Se bajan y suben a la superficie.

La calle está repleta de transeúntes. Gente que va a lo suyo, en el bullicio, indiferentes a lo que ocurre a su alrededor. Beltrán y Almudena llegan al edificio y suben la escalera. Mudos. Beltrán abre la puerta, deja las llaves en una mesa, tira la mochila en el piso y se echa en el canapé. Almudena se sienta a su lado y le toma de la mano.

-Amor mío, ahora sé de qué sustancia está hecho el miedo.

-Dime qué pasó.

-Papá estaba visitando a la abuela, que vive cerca de nosotros, en La Candelaria, dos edificios más allá. Sonó el timbre... Papá abrió la puerta sin fijarse, creyendo que era la vecina. Entraron tres hombres armados y los ataron. A la abuela la amordazaron y la metieron en un closet. A papá lo ataron a una silla. Así estuvieron horas. Los hombres registraron todo, buscando cosas de valor. Golpeaban a papá y lo amenazaban con que, si no encontraban algo bueno, lo matarían y a la vieja también. Al fin, consiguieron unos dólares que la abuela tenía bajo el colchón y unas pocas prendas. Papá me dijo que sintió un solo golpe y sólo recuperó la consciencia cuando ya los hombres no estaban. Como pudo se zafó y fue al cuarto a buscar a la abuela. La encontró metida en el armario, casi sofocada. La acostó en el piso y la cubrió con una manta. Los ladrones se habían llevado los móviles así que se asomó al balcón y dio de gritos. Unos vecinos vinieron en su ayuda y llamaron a la policía. Encontraron a papá muy golpeado y a la abuela desfallecida. En la ambulancia la lograron reanimar …

-Santa Virgen del Rocío…

-Papá me dice que ya están bien, ya en casa… La abuela llora desconsoladamente porque los hijos de puta se llevaron su sortija de matrimonio… En Venezuela el terror ya no es visitante, es residente con documentos y derechos. Mamá quiere que vendan todo y se vengan a España. Pero la abuela se niega. Esos frigoríficos no son un negocio, son el legado del abuelo.

Almudena lo abraza.

-Créeme, cariño, en España también el terror está sentado en los portales. Todos somos víctimas del odio, empezando por los que odian. Dicen que los buenos somos más, pero los malos van ganando.

Los adoquines

Ari camina por las calles del centro de Barcelona. Es media mañana. Mira todo. Escucha:

https://youtu.be/8RB7X6HLvl8

Es la Danza Ritual del Fuego, de Manuel de Falla. Para sus adentros piensa que algún día bailará eso. Ese es su sueño. Se acuerda de sí misma años atrás bailando en una zarzuela en el Aula Magna en Caracas, con la compañía de Siudy. Entra en un bar. Se quita los audífonos. Pide un café y una media luna. El mozo le dice que no entiende qué es eso que quiere. Entonces le pide lo que tenga para desayunar. Le traen unas tostadas muy enmantequilladas. Come con calma. Unos hombres la miran casi con lascivia. Idiotas como esos hay en todas partes del mundo, son una plaga planetaria.

Sale del bar. Camina por calles estrechas y amplias. Pequeños parques y plazoletas. "Es lo mismo en todas partes, en Caracas, en Buenos Aires o en Madrid, los lujos insolentes y las miserias ignoradas". En un pequeño parque se sienta en un banco. Ve a los que ahí están. Una pareja de viejos que caminan con lentitud, tomados del brazo. Una mujer pasea a su bebito en carriola. En una esquina unos jóvenes con actitud sospechosa.

Ve el reloj. 3 de la tarde. Pelayo sigue en quirófano. Lo han operado de nuevo.

Decide seguir caminando. Entra a un pequeño restaurante. Casi todas las mesas están ocupadas. Busca una vacía. Ve una en el fondo, en una esquina. Camina hasta allá y se sienta. Llega el mozo, la saluda y le da el menú, le dice cuál es la recomendación del día. Le pregunta qué quiere tomar. Ella le responde que agua, sólo agua. Se va y ella revisa el menú. Nota que la carta tiene platos que tienen algo de colombiano. Se sonríe. Viene el mozo con el agua y un platico con entremeses. Unas bolitas de queso. Ella sonríe. Le pregunta si ya está lista para ordenar. Ella le pregunta si hay conexión de wifi. El mozo le dice que si, le pide su móvil y marca los datos. Ella revisa mensajes recibidos. Muchos mensajes de whatsapp. Contesta el de la mamá. Ve el de la productora, con los detalles de la próxima gira de Nicky Jam. "¿Estarás disponible?" "No, al menos no por un par de meses. Lo siento", le responde. Ve un tercer mensaje, de Antonio, que le pregunta dónde está y cuándo pueden verse. No responde.

Pone el móvil en la mesa y toma el menú. Lee todo acuciosamente. Sonríe. Viene el mozo y ella le pregunta si ese restaurante es colombiano. El mozo le responde que el chef es colombiano, pero también español y que el restaurante es una mezcla. Ella pide. El mozo anota la comanda y minutos después se la trae.

Termina de comer y el mozo le retira el plato y le pregunta qué quiere de postre. Ella le dice que le pareció ver en el menú que hay flan de maracuyá. El mozo le dice que sí, que es la especialidad de la casa, y también el flan de café. Que ya le trae de ambos. "En mi país la maracuyá se llama parchita". El mozo le pregunta de dónde es: "De Venezuela". El mozo sonríe.

Minutos más tarde, llega el chef, Camilo, con un plato con ambos flanes.

-Me han dicho que eres venezolana... Es un gusto atender a una vecina de continente. ¿De Caracas?

-Sí, de Catia. ¿Y tú? Por cierto, en mi país la maracuyá se llama parchita.

-Soy de Cali.

-Ah, la ciudad de la salsa.

-Eso dicen, pero, créeme, Cali es más que eso. Y también es bastante más que narcotráfico.

-Lo sé. Bien que lo sé.

Hablan por unos minutos, muy cordialmente. Entre una caraqueña y un caleño hay más coincidencias que diferencias.

-Esta noche vienen amigos, entre ellos un venezolano, buena persona. Gente común y corriente. Ven, que yo te invito.

Ella le dice que tal vez, aunque bien sabe que eso no pasará. Pero no es cuestión de obsequiar un desaire inmerecido a tan gentil caleño.

Pide la cuenta y el mozo le dice que no, que es una invitación de la casa. Ari le agradece y deja una propina sobre la mesa. Ella bien sabe que cuando el trabajo es atender mesas, esa propina hace la diferencia.

Antes de salir, le escribe a Antonio: "Complicada. Mañana te escribo". De veras que no anda de ánimos para las simplonerías de Antonio. Se levanta y sale del restaurante hacia la calle atestada de transeúntes. Se calza los audífonos:

https://youtu.be/EQpJY3HmqBI? si=mPgOSrX3TA5A4LXn

Despatx del comandant de la policia de Barcelona

El comandante habla por teléfono. Pone mala cara. Contesta y cuelga. Se levanta, abre la puerta y llama a Mariví.

-Diga, jefe.

-Passa i tanca la porta... Prepara els detinguts. El GOE vindrà a buscar-los per portar-los a Madrid…

-¿Qué? ¿A Madrid? ¿Por qué a Madrid?

-Perquè el jutge diu que l'atemptat és un acte de terrorisme i això és de competància nacional. Una merda de llegums, doncs.

-Pero, jefe, eso no se puede permitir. El crimen se cometió aquí, y aquí debe ser juzgado.

-Podem dir missa si hi ha qui ens l'escolti, però ja el jutge va ordenar el trasllat. I no em discuteixis, que ja l'enuig ho sento menjant-me fins a l'últim múscul.

-Después se preguntan por qué hay tantos separatistas…

   Con una indignación que le carcome las vísceras, Marivi va a su escritorio. Y comienza el papeleo. El comandante de la policía se levanta, mira por la ventana, se da vuelta, toma una taza de su escritorio y la lanza contra la pared.

-¡Merda, mil vegades merda aquest sistema de merda!

Una oficina en algún lugar

Un hombre habla por teléfono. Es una oficina elegante. El hombre está de espaldas, no se ve su cara, pero se escucha su voz. Habla en ruso. "Hagan lo que tengan que hacer. A los cuatro. Ya nos encargaremos de las viudas".

Cuelga y mira por la ventana. Se mete la mano en el bolsillo y saca una llave, abre una gaveta y saca otro móvil. Lo enciende y escribe en ruso: "Ordenado". Manda el mensaje. Apaga el aparato, le saca el chip y lo guarda en una gaveta que cierra otra vez con llave.

Un hombre recibe el mensaje en un móvil que se saca de un bolsillo. Lee. Y borra el mensaje.

Madrid, CNCA

El jefe nacional del CNCA habla en la oficina con un funcionario del más alto nivel. Le dice que los detenidos ya están en transporte. Aterrizarán en Adolfo Suárez en una hora. El funcionario le informa que ya está coordinado el traslado terrestre. Y ya están preparadas las celdas de máxima seguridad y, claro está, cada uno estará en aislamiento. Todo ha sido coordinado con niveles extremos de confidencialidad.

El jefe les advierte que hay que extremar los procedimientos, que cada paso tiene que ser perfecto. Que no puede haber ni un error. El funcionario se le cuadra y sale de la oficina. El jefe de pie mira por la ventana.

Celdas de máxima inseguridad

Rodeados por funcionarios fuertemente armados y con máscaras, los dos detenidos caminan. Están esposados de manos y pies, amordazados y con los ojos vendados. A cada uno lo meten en una celda de máxima seguridad. Ya dentro de cada celda les quitan las esposas, las mordazas y las vendas de los ojos. Las celdas tienen lo elemental: cama, cobija, almohada, servicios y una ventanilla. Se abre una ventanilla de las puertas de las celdas y a cada detenido le pasan una bandeja con comida.

Despacho del comandante de la CNCA

El funcionario le dice al comandante que ya los detenidos están en celdas, separadas. Que, tal y como ordenó, están aislados y se les ha dado comida y agua. Y en 15 minutos serán trasladados a salas de interrogatorios. El comandante toma el teléfono y llama a alguien. Le dice que lo quiere a él y a otros tres en las salas de interrogatorio. Vestidos de uniforme.

-Quiero confesiones con lujo de detalles. Más os vale que esos tipejos canten toda la zarzuela.

Tras barrotes

Dos funcionarios escoltados por cuatro guardias cada uno llegan a las celdas. Abren las puertas y entran. Ambos hombres están acostados, inmóviles. Se acercan y les hablan a los detenidos. Les dicen que se pongan de pie. Silencio. No se mueven. Los funcionarios se acercan y los mueven. Los voltean y ambos están con los ojos abiertos y espuma en las bocas. Gritan "¡Médico, médico!" ... Todo se vuelve un pandemónium.

https://youtu.be/Bq1Xl9yopFM

No es el destino, es el camino
"Las dificultades preparan a menudo a una persona común para un destino extraordinario."
-C. S. Lewis

Maduran las uvas

Entre la franqueza y el descaro hay una línea muy fina que algunos torpes cruzan con poca elegancia. Felipe es un hombre de sinceridades. Entiende que hay fronteras que no debe traspasar. Pero tiene el corazón estrujado. Y se niega a aceptar que está parado frente a una encrucijada. Sabe por experiencia propia y ajena que eso de sentir que ha sido puesto entre la espada y la pared es una trampa jaula que hay que esquivar, con tino más que con fuerza. Los paisas bien saben de eso, de verdades construidas con ladrillos de mentiras.

Cuando recibió el aviso del consulado de Colombia quiso creer que se trataba de algún trámite tonto. Ni se le cruzó por la mente que aquello se refería a una demanda interpuesta en su contra por un delito que ni siquiera comprendía en peso y contenido. Su nombre aparecía en la lista de inculpados por estafa agravada. Habían transcurrido ya casi cuatro años de aquellos reclamos. Si el estado colombiano estaba procediendo contra la compañía de seguros, él no era sino una víctima más, nunca un coparticipante.

161

En el escrito legal -con abundancia de lenguaje formal, plagado de latinazgos y con varias firmas y sellos- se le conmina a presentarse por ante el tribunal que lleva la causa. Lo ha leído varias veces. De lo poco que podía colegir de aquel documento, los implicados -y a él se le incluía en ellos- habían conseguido hacer a la nación y a la ciudad de Medellín responsables de los daños y les habían hecho pagar una importante cantidad de dinero para compensar a los afectados. Dicho en cristiano, los afectados se habían coludido con la aseguradora para procesar un reclamo por negligencia del estado en el cumplimiento de sus deberes de garantizar la seguridad pública. A Felipe aquello no sólo todo aquello le lucía como un disparate de magnas proporciones, sino que no podía imaginar cómo a alguien en su sano juicio se le podía cruzar por la mente que él formaba parte de tamaña patraña.

-Ah, pero a veces se me olvida que en Colombia todo es posible- pensó en voz alta.

De su padrino de aguas benditas, el señor Justiniano, paisa de mucha prosapia, había escuchado desde muy joven el consejo "Mijo, usted no se me querelle nunca con los que gobiernan. No hay modo de ganar. El gobierno es como Dios; en un pleito nunca pierde".

La masa no estaba para bollos. Al restaurante le iba bien, pero no estaban aún como para cantar victoria. La crisis económica luego de la pandemia no había sido aún derrotada. Y en el mundo de la gastronomía la competencia es feroz. Los costos de un abogado que le asesorara en cómo proceder no serían tres conchas de ajo. Pero necesitaba saber las implicaciones de no apersonarse en el tribunal que requería su presencia, y, más que todo, tenía que asegurarse que todo este engorroso asunto no afectaría su condición legal en España, más aún cuando estaba a punto de proponerle matrimonio a Aurora. ¿Qué clase de futuro podría ofrecerle? ¿Uno empañado por una acusación sumarial?

Tras varios pases por quirófano y un año de todo tipo de terapias, Pelayo ya estaba recuperado y había comenzado a trabajar de nuevo. No había superado el efecto psicológico, eso que pomposamente llaman "Síndrome post traumático". A todo hay que ponerle una etiqueta, un título, como si hacerlo aminorara el dolor. El horror de haber sido víctima en un atentado terrorista deja secuelas, profundas cicatrices en el alma. Pero Ari no se daba por vencida. El psiquiatra le había advertido que no debía convertirse en indispensable, que ello jugaba en contra. Así, decidió volver a las tablas, aunque hacerlo supusiera la complicación de ausencias por las giras.

-Para volver a tener una vida normal, tenéis que volveros vosotros normales- dijo aquel especialista.

¿Qué diablos es "normal"? Normal para el terapista se definía como hacer lo que Pelayo y Ari saben y les gusta hacer, trabajar. Remar a favor, no en contra de la marea. Y eso hacían.

Del atentado en la estación Sagrada Familia en el metro de Barcelona poco más se supo. A las semanas, se le calificó de "episodio" y se hizo todo lo posible por sepultarlo en la penumbra de la trastienda. ¿A quién convino el secretismo? Pues a muchos involucrados directa e indirectamente y también a quienes sin haberla bebido ni comido, el asunto perjudicaba. Poderosos en altos niveles del poder, maleantes de vara alta en el mundo oscuro y tan podrido del narcotráfico y la prostitución y, también, esos a quienes les sobraba interés en que todo se desvaneciera de los medios y las redes. Las historias manchadas de criminalidad no son buenas ni para los negocios ni para las narrativas acarameladas a las que se recurre en tiempos de elecciones. Y ese año mucho estaba en juego en las urnas.

Jordi y Mariví no dejarían eso así. Aunque los medios mandaron todo a las páginas de lo que no importa y los cuerpos de seguridad convirtieron el espantoso atentado en un "cold case", ellos continuaron investigando por su cuenta y a su costo. Sin importar cuánto tiempo les tomase, lo que sucedió no quedaría deambulando en el laberinto de la desmemoria. Había muchos cabos por atar.

Y, en medio de rabias y largas horas de trabajo, por razones que quizás nadie entendería, esos dos se dieron permiso para algo bueno, puro y noble. Sus pieles se descubrieron entre papeles y fotografías en aquellas largas noches.

Sistemas de Monterrey cruza las invisibles fronteras de España. Ya tiene operaciones en Portugal y Francia. Y tienen en la mira expansión a Italia y Turquía. Para Andrés, mientras más trabajo haya, mejor. Mientras más tenga que viajar, mejor. Mientras más agotado esté cada final de jornada, mejor. Que la agenda no le deje tiempo para recuerdos. De a poco, Magdalena, con su pasión de arroyuelo, ha logrado en él lo que parecía imposible: reconciliarse con la vida. Por primera vez en mucho tiempo siente que su alma respira, que ya no necesita ahogarse en alcohol. Cada día llora menos.

Beltrán ha vendido bien sus entrevistas. Sólo escritores y de habla hispana. La primera, la que le hizo en Granada a Juan Del Val, le abrió puertas. A ella le siguieron conversaciones con Arturo Pérez Reverte, Sandra Barneda, Roberto Santiago, Eva García Sáenz de Urturi, Javier Castillo y Juan Gómez Jurado. No todas las disfrutó. Algunos de esos escritores resultaron adoradores de su propio ego, esclavos de la popularidad, devotos del cotilleo. Pero de todas esas charlas aprendió algo. Hasta el peor de los tontos tiene algo inteligente para decir.

Un día don Paqui, con quien solía reunirse al menos una tarde a la semana para "darle a la sinhueso", le dijo:

-Yo creo que deberías inscribirte en Pasapalabra.

-¿Yo? ¿En Pasapalabra? Pero, qué dice, hombre.

-Sí, chaval, tú puedes ganar, y si no ganas al menos algún dinerillo harás y te divertirás. No me digas que eres de los que piensa que Pasapalabra es un programilla idiota en la tele. Que no lo es. Y el saber, recuerda, nunca pesa.

El proceso para ser aceptado como concursante no fue fácil. Aquello no era un bombo del que alguna mano inocente saca un papelillo. Pero para Beltrán lo difícil ha sido siempre el pan nuestro de cada día.

Pasó por varias pruebas preliminares. Cuando ya había dejado de pensar en aquello, un día de cielo gris por correo electrónico le avisaron que "ha sido seleccionado para participar tan pronto se abra un cambio". Ingenuamente creyó que aquello tardaría. A la siguiente semana esa oportunidad tocó a la puerta. Su vida se convirtió en devorarse libros. Y en grabaciones en estudio por horas. Almudena estaba fascinada. Y en Caracas, en La Candelaria, a familiares y amigos el orgullo no les cabía en el pecho.

Ah, Almudena. Estaba feliz. Había conseguido quedar fija en el coro del Teatro de la Zarzuela en Madrid. Había salido del espacio de la temporalidad. Su nombre ya estaba inscrito en las paredes de aquel teatro que resume la historia de la música lírica española. Fue allí donde se escuchó por primera vez El juramento de Gaztambide, Los diamantes de la corona, Pan y toros, El barberillo de Lavapiés de Asenjo Barbieri, Gigantes y cabezudos y La viejecita de . Fernández Caballero, La bruja, La patria chica y El rey que rabió de Chapí, El bateo de Chueca, Bohemios, Maruxa y La villana de Vives.

Y allí, en ese espacio de magias, estaba Almudena cada día. Y alguna que otra noche cantaba en el restaurante de Felipe. Beltrán está cada día más enamorado de esa andaluza de piel de pasiones.

https://youtu.be/oT2iBfgMv3A?si=8c157gYkt4OzGnxn

167

Colmenar viejo

Luego de una larga temporada de errores muy confundidos, de desperdiciar vida en frivolidades y de tratamiento en un centro de rehabilitación de adicción a drogas y alcohol, Antonio ha ido entendiendo que las malas juntas sólo traen perjuicios. Ha dilapidado buena parte de la herencia de su abuelo y por la borda tiró una prometedora carrera en las grandes productoras en televisión y cine. Pero todo tiene remedio.

Por aquello de la caridad cristiana, virtud teologal de poco ejercicio en los tiempos que corren, por intermedio de don Paqui, hombre de buen corazón, la parroquia de Colmenar Viejo le ha aceptado como conserje en el Museo de Arte Sacro. Si alguien en sus años mozos le hubiera dicho que él, hombre de guapura tal que hiere el espejo, nacido en la descollante y cosmopolita Buenos Aires, acabaría viviendo en un pueblo provinciano de unos miles de habitantes en la Comunidad de Madrid y dedicado a mantener a punto una estructura de santidad cristiana, Antonio hubiera soltado una sonora carcajada.

Le han facilitado un cuarto para hospedarse, un espacio que bien recuerda las muy ascetas celdas de los monjes en los monasterios. Se ha curado de varios males. Ya no bebe ni se droga, ha puesto en remojo la agenda de juergas y ha hecho un alto en eso de saltar de cama en cama con mujeres de dudosa moral, pero de uno de los peores pecados capitales, la soberbia, de ese no se ha librado. Como todos los soberbios, esta situación de declive la ve como un mero intermezzo, "hasta volver a ser yo". Si acaso es cierto aquello de "a su tiempo maduran las uvas", las de Antonio no parece que habrán de hacerlo en un futuro cercano, por mucho que Colmenar Viejo invite a la reflexión y que don Paqui lo haya convertido en su protegido.

No sólo Antonio ejercita la ignorancia; es la fe que profesa. La fascinante historia de aquellos sitios poco o nada le interesa. Si por él fuera, los restos paleolíticos y de la Edad de Bronce y las edificaciones góticas que datan del siglo XV deberían ser sustituidas por obras modernas, sin "tanta piedra vieja".

Don Paqui se dio a la tarea de intentar limpiar de malezas aquel cerebro. Sentados en aquel bar de esquina, le explicó que la nomenclatura de Colmenar Viejo se ha venido vinculando a estos parajes desde tiempos inmemoriales.

-Dice una leyenda que aquí hubo un colmenar donde vivía un anciano, al que llamaban El Viejo, que cuidaba las colmenas. Mira, aquí cerca, desde la época en las postrimerías de los romanos, había un camino, el de Alcalá de

Henares a Segovia, que cruzaba el Manzanares por los puentes de Grajal y el Nuevo. Los viajeros pernoctaban con el anciano. Algunos decidieron instalarse aquí y entonces se fundó un caserío que llamaron Colmenar del Viejo."

A pesar de que Antonio no prestaba atención, don Paqui continuaba en sus narraciones.

-Mira, los arqueólogos han probado que toda esta zona ha tenido moradores desde tan lejos como en el siglo VI. Y por allá por tiempos de fines del siglo XI, cuando la conquista de Madrid, el rey Alfonso VI creó algo muy moderno: una asociación de municipios cercanos. Pero don Alfonso era demasiado avanzado para la época. Aquellos linderos tan vagos crearon roces entre las villas de Madrid y Segovia. Mucho tiempo después, fue Alfonso X quien resolvió el conflicto declarando que todo aquel territorio pertenecía a la corona de Castilla y lo bautizó como Real de Manzanares.

-Y... don Paqui, real, en este país todo es real, todo tiene cetro y corona.

-Escucha, Antonio, en 1304, el rey Juan I de Castilla cedió la égida a su maestre de la corte Pedro González de Mendoza. Más tarde, su segundo hijo, don Iñigo López de Mendoza recibió el título de conde del Real de

Manzanares. Y en los siglos siguientes, Colmenar Viejo fue creciendo y el 22 de noviembre de 1504 se independizó legalmente de Manzanares. La mayor parte de sus pobladores eran gentes de campo y tierra, granjeros, y entonces el desarrollo de la aldea se paró. Nadie se ocupó de las colmenas y los cultivos, y entonces todo esto perdió valor. Hasta que por allá por mediados del siglo XIX se hizo una plaza de toros y se construyó un camino entre Colmenar Viejo, Manzanares y Fuencarral. Ah, se tendieron líneas de telégrafo y al fin hubo servicio diario de correos. La modernidad llegaba a Colmenar Viejo, tarde, pero llegaba. El 30 de mayo de 1911 llegó el primer tren desde la estación de Chamartín de Madrid. Todo esto, créeme Antonio, es una joya. Hoy tiene mucho turismo.

A Antonio no podía importarle menos todo aquello de la historia. Pero con don Paqui tenía una relación muy íntima. Le recordaba tanto a su abuelo. Y para don Paqui, a pesar de lo desfachatado y díscolo, Antonio era el nieto que nunca había tenido, el descendiente que no de su cuerpo, mas sí de su alma.

El terror del después

El psiquiatra les había explicado a todos que la prueba de fuego para Pelayo sería cuando tuviera que poner pie en una estación de tren. Había conseguido superar el asunto de las aglomeraciones. No había sido fácil, pero al cabo de varios meses lo había logrado. Pero viajar en tren, eso era aún palabras mayores.

-Necesito que entiendan que aunque el miedo habita en su mente, el cuerpo lo siente. Hay reacciones físicas. El corazón se acelera y siente palpitaciones, le falla la respiración, tiene sudores fríos, la piel literalmente se eriza, los músculos tiemblan. Lo que él siente es un ataque de pánico, y es muy serio- les dijo a Andrés, a Aurora y a Ari. -Y si los padres se lo llevan a su pueblo en Alicante, nunca se va a curar. Sus heridas más severas no son las que sufrió en su cuerpo, son las que tiene abiertas en la mente. Y esas no se curan con píldoras. El miedo es el enemigo. Y Barcelona es el fortín muy bien pertrechado de ese enemigo. Yo recomiendo no forzarlo a enfrentarse con una estación de tren, no todavía. Y tú, Ari, eres su pareja, no su enfermera. Tus ausencias temporales por trabajo, aunque parezca mentira, les benefician a ambos.

Aquella noche Andrés se fue a la cama con una idea dándole vueltas en la cabeza. Antes de dormir, llamó a Magdalena. Pensó que no le respondería. Estaba en París grabando un episodio de la nueva serie que protagonizaba. Y nada molesta más a los actores que ser incomodados durante el endemoniado proceso de inmersión en un personaje. Pero quería su visión de mujer.

-Hola, Magda. ¿Podemos hablar?

-Sí, claro. Ya estoy en el hotel.

-Quiero consultarte algo. Es una idea que me está revoloteando como abeja en flor. Una idea loca. A poco, ¿cómo te suena Pelayo en la oficina en Lisboa?

-¿En Portugal? Eh…

-Hoy nos juntamos con el psiquiatra. Pelayo está estancado, como pataleando en una poza de terror. Está encadenado al miedo. Y quizás un cambio de aires le vendría bien para aquietar esa angustia. Trabajar, pero sacarlo del escenario infernal que para él es Barcelona. Y en Portugal, vamos muy bien, ya tenemos dos ciudades, Lisboa y Oporto.

-Pero solo no se puede ir.

-No, pues claro que no. ¿A poco piensas que se me alborotó en el cerebro una estupidez? Con Ari, por supuesto. Esa chava es oro en polvo y ellos están muy enamorados.

-Pero ella trabaja en conciertos en España. ¿Sirve esa visa que ella tiene para Portugal?

Porque ella no es ya empleada de Sistemas...
¿Cierto?

-No, no lo es. Y no sé cómo sería para ella con la visa que tiene... Puedo preguntar a los abogados.

-Suena complicado, pero vale la pena hablarlo con ellos. Y con Aurora.

La consulta con los abogados despejó dudas y puso sobre la mesa una sarta de complicaciones. Una posibilidad era que ellos se casaran. Pudiendo probar que su relación era ya de larga data, no luciría como un matrimonio arreglado por conveniencia. Ya con el matrimonio realizado, se podría tramitar su situación legal y una prórroga de su visa de trabajo que incluyera los países de Europa. En cada lugar donde ella trabajara, debería asegurarse de hacer declaración fiscal y cancelar los impuestos correspondientes. La mudanza de él a Portugal no sería problema.

-El señor Ballesteros es español y por tanto europeo. Bastará con que cumpla con las exigencias fiscales. Y cómo empleado de Sistemas de Monterrey todo correrá sin mayores contratiempos - dijo el letrado.

A la semana, Andrés tomó el AVE a Barcelona. En el camino, se devanó los sesos pensando cómo plantear aquello a Pelayo. Ari estaba en Málaga. Beltrán se encargaría de hablar con ella, en claro y entendible venezolano.

Un mes después, Pelayo y Ari tomaban rumbo a Lisboa. El viaje en coche les tomó casi 12 horas. Pero valió la pena cada uno de los 1247.5 km de carretera.

Se habían casado en una sencilla ceremonia en el Ajuntament de Barcelona. Allí estuvieron los padres de Pelayo, Beltrán y Almudena, y Vicente Vallés. Y, como testigos, Andrés y Aurora. Quiso el esquivo dios de la tecnología que aquella tarde la conexión de Internet no fallara. La familia de Ari en Caracas pudo verla por transmisión de Facetime diciendo el "sí, quiero". En Catia las pantallas de laptops y de celulares terminaron emparamadas de lágrimas de felicidad.

https://youtu.be/qpTMeS0kM1k?si=0C2Dg4CX9lpzKKCu

Otro sitio

"No hay nada como un sueño para crear el futuro."
-Victor Hugo

La ciudad de los tranvías

"Aquí se acababa el mundo no hace mucho tiempo, antes de que la era de los descubrimientos hiciera de Lisboa la ciudad de los marinos. Pausada y luminosa, la modernidad no ha irrumpido en ella en demasía, manteniendo su bella y alicatada cara intacta. Binomio de agua y tierra, Lisboa enciende los corazones de todos los que alguna vez han estado en ella o sueñan con hacerlo, formando un club abonado a la 'saudade' lisboeta. Recorremos sus empinadas calles en busca de su espíritu, entre cafés, fachadas azules y notas de fado."
-Alvaro Anglada

Algunos tontos ven a Lisboa por encima del hombro. Como si fuera menos que otras grandes ciudades. Ah, ignorantes de oficio. Fundada hace más de tres mil años, tiene en su haber una de las historias más abigarradas de Europa. Es junto con Setúbal, Alcácer do Sal y algunas ciudades del Algarve la más antigua de Portugal. Ah, es la segunda capital más antigua de la Unión Europea, siguiendo en edad a Atenas. Lisboa es vieja,

177

tanto como cuatrocientos años más que Roma. Acaso por ello puede dar lecciones de vida. Está en su moradores y visitantes el saber escuchar sus cuitas.

A los recién casados les tomó diez días instalarse en Lisboa. Ari se negó rotundamente a vivir en el elegante piso que en Avenida de Liberdade Sistemas de Monterrey había previsto para ellos.

-Que no, Pelayo. Es como si en Madrid hubiéramos vivido en Salamanca. No. Tú y yo somos como somos. Y no sabríamos cómo vivir en una urbanización de lujo. Donde vayamos a vivir se tiene que parecer a nosotros. No podemos ser peces de río intentando nadar en el mar…

Consiguieron un piso pequeño y mágicamente encantador, amoblado con sencillez, en Alfama, en una de sus calles con quintales de historia y telhas pintadas a mano. ¿Qué sentido tendría vivir en una ciudad augusta y con prosapia y capitular ante un modernismo cacofónico? Allí, en la rua de São João da Praça, hasta los adoquines hablaban de siglos y el viento cantaba fados. Aquel barrio había sobrevivido al gran terremoto de 1755, pero aún tenía marcas. El departamento era la pieza que faltaba en el rompecabezas de su nueva vida. "Este lugar es como nosotros, sobreviviente a dolores".

Experta en asuntos del exilio, Ari sabía bien todo lo indispensable para convertir una nueva casa en un hogar. Exploró las calles circundantes. Identificó o bar, o café, a padaria, a mercearia, a quitanda, o lugar para comprar legumes frescos, o boticário, a florista, a retrosaria, a igreja onde poder ir para rezar, a praça onde poder sentar e ler letras e versos, o parque onde poder passear os pensamentos.

En todos esos sitios se presentó como nueva vecina y en portugués entabló amable conversación con los dueños y dependientes. Allá en Catia de toda la vida había tenido de vecinos a inmigrantes portugueses de Coimbra y de ellos había aprendido la lengua de Luís de Camoes y Eça de Queirós.

Cuando ella y Pelayo terminaron de desempacar, limpió todo puntillosamente y puso cada cosa en su lugar. De su madre había aprendido que un hogar ha de tener aroma a frescura. En la mesa de la entrada colocó un búcaro de flores, para que cualquiera se sintiera bienvenido. Vistió la cama con sábanas blancas. La lencería tiene que hablar de amor.

Con un cansancio feliz, se sentaron en el canapé frente al balcón. Era primavera y en las calles de Lisboa las jacarandas estaban en flor, adornando todo con sus tonos azul y malva.

-Ya, ahora sí, ahora tenemos casa, a nossa casa.

En la plaza, una joven canta.

https://youtu.be/-sze5rpbklM?
si=SIEJAzLVoIXThECc

.

Nadie puede escribir el futuro

*"Y el sol dio un paso atrás, las hojas se
adormecieron y despertó el otoño."*
– Raquel Franco

A Felipe no se le apaciguó la angustia
hasta que el letrado le informó que el asunto
legal en Colombia ya era pasado. "Han
eliminado los cargos y no ha quedado ninguna
acusación en su contra. El juez ha dictaminado
que el caso no procede. Y las costas judiciales
deberán ser canceladas por el estado. Don
Felipe, puede usted estar tranquilo. No ha sido
más que un mal rato, sin consecuencias…"
Consecuencias hubo, porque sus buenos
cuartos tuvo que cancelar Felipe al letrado. Y
habían sido largos meses de insomnio. Pero al
fin podía respirar, sin sentir el nudo en la
garganta que lo había asfixiado.
La buena noticia se la dieron aquel día
de otoño. Tan pronto lo supo, comenzó a darle
cabida a ese sueño que había tenido confinado
en cuarentena. Ocupado estaba, mucho. Pero
para lo bueno siempre hay que hacerse tiempo.
Le escribió a Aurora: "Hola, cariño
mío. Este fin de semana estoy libre. ¿Cómo le
parece que usted y yo nos vayamos a
Aranjuez? Usted y yo, nada más. Ande, dígame
que sí". Minutos más tarde, la respuesta de
Aurora fue musical.
https://youtu.be/QNaYAnBeqRI?
si=ygVqTmp_j129A1sl

181

Deja que los pasos te lleven

Seguir trabajando. Recuperar la normalidad. Pelayo comenzó a ocuparse de la operación en Portugal. Ya tenían a Lisboa y a Oporto. Y se habían convertido en la vitrina para otras ciudades. Los alcaldes de Coimbra, Guimaraes, Braga, Aveiro y Funchal ya habían hecho contacto. Pelayo tenía mucho trabajo. Y el trabajo es curación.

Y Ari no se quedaba atrás. La llamada del coreógrafo no le tomó por sorpresa. Pero pensó que era para lo mismo. Nunca se le cruzó por la mente que en esta oportunidad se trataba de algo muy especial. Maluma y Fonseca habían decidido hacer un concierto, uniendo sus estilos. No querían un cuerpo de baile. Lo que tenían en mente era una sola bailarina. Y querían a Ari.

Juan Luis Londoño no es ni por asomo el tipo desordenado, grosero y salvajoide que pintan algunos en las redes. Al contrario, es un muchacho amante de los caballos, de buena familia paisa, con papá, mamá, hermanos y que sabe comer con cuchillo y tenedor sin poner los codos sobre la mesa.

Juan Fernando Fonseca Carrera, bogotano, nacido en 1979, es un hombre de familia y un músico con escuela, con 8 premios Grammy.

Que Ari fuera escogida por ambos para ser la única bailarina en la puesta en escena con orquesta sinfónica significaba mucho más de lo que los ridículos reporterillos de farándula pudieran comprender.

La agenda marcaba cuatro ciudades: Valencia, La Coruña, Málaga y cierre en Madrid. Entre ensayos, montaje y conciertos, tres semanas. Aquello sería una prueba de fuego para la joven pareja. Desde el episodio en Barcelona, Pelayo y Ari habían sido estampilla sobre sobre; no se habían separado nunca.

https://youtu.be/0o59RKMkm9U?si=KAK18X2saZQ6MRaz

Continuará...

Nota para el lector: Le juro que pronto podrá leer la continuación.

.

Made in United States
Orlando, FL
03 September 2024